U0923448

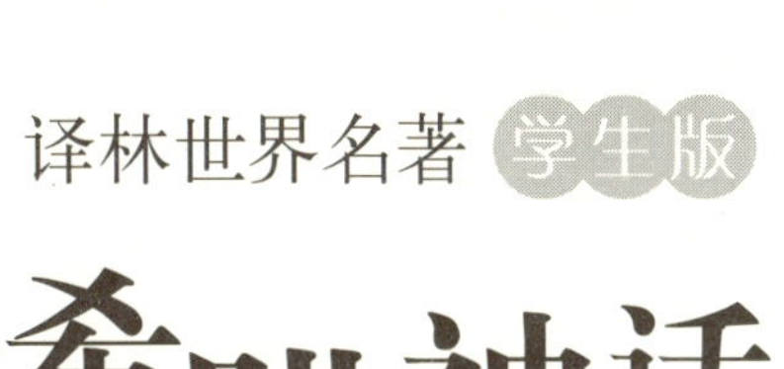

译林世界名著 学生版

希腊神话

XILA SHENHUA

XUESHENGBAN

[德国]古斯塔夫·施瓦布 著

刘勃 改写

凤凰出版传媒集团 译林出版社

YILIN SHIJIE MINGZHU

图书在版编目 (CIP) 数据
希腊神话/(德) 施瓦布 (Schwab. G.)著；刘勃改写.
—南京：译林出版社，2009.8 (2012.9 重印)
(译林世界名著：学生版)
ISBN 978-7-5447-0909-5

I. 希…
II. ①施… ②刘…
III. 神话-作品集-古希腊-缩写本
IV. I545.73
中国版本图书馆CIP数据核字 (2009) 第059562号

书　　名：希腊神话
著　　者：[德国]古斯塔夫·施瓦布
改　　写：刘　勃
责任编辑：陆元昶
出版发行：凤凰出版传媒集团
译林出版社 (南京市湖南路 1 号　210009)
电子信箱：yilin@yilin.com
网　　址：http://www.yilin.com
集团网址：凤凰出版传媒网 http://www.ppm.cn
印　　刷：江苏凤凰扬州鑫华印刷有限公司
开　　本：652×960 毫米 1/16　　印张：15
插　　页：8　　字数：124 千
版　　次：2009 年 8 月第 1 版 2012 年 9 月第 7 次印刷
书　　号：ISBN 978-7-5447-0909-5
定　　价：12.80 元

译林版图书若有印装错误可向出版社调换
(电话：025-83658316)

“译林世界名著学生版”序言

梅子涵

成年人总是热心。他们得为孩子们想很多事情，而且还会努力地去落实。这成为他们很多人白天的项目，接着还在梦里探讨。他们知道，这是属于他们应当有的一个大良知，因为他们既然有了后代，如果不日以继夜负责任地安顿、引导，那么家园怎么荣茂，这个世代的地球又如何安稳？

他们把这个大良知搁在肩膀上，挑成了一副最美丽的担子，他们自己也翩翩的了。

这是一个无穷多的人都喜爱参加的担子行列。

无穷多的担子里有各样的货色，各种的鲜艳和用处，它们不止是吃的，不止是穿的，不止是琳琅满目清清楚楚看得见的，它们还有浪漫和飘逸的，属于童话属于故事属于聆听和荡漾的。这所有的被挑了来的爱和美好都给了孩子，孩子们就算是隆重地接受了生命的大方向，接受了生命昂贵的分量，也接受了诗意的轻盈。

这样的挑着、行走，一次一次地在童年的面前放下，成了我们这个人的星球上的一幅最抒情的大图景。我们很自豪地告诉那位来自猴面包树小行星的男孩子说，亲爱的孩子，亲爱的小王子，你不要那么灰心丧气，也不要总是不满，你就试着在我们的这个星球上生活生活，你不会觉得只有无聊和茫然的，你向往的那些热情会照得到你的，你向往的风趣也会来到身边。你试试吧。

我说了这么些抒情话，我是想和你们一起来看看现在又有一副怎样的担子挑到了孩子们的面前。

是的，就是你们面前的这一大套书。这一副文学的担子。

里面有的是儿童的书，有的则属于长大以后应当阅读的书。

热心的成年人把它们选拢在一起。

他们知道现在的孩子们学业过量，阅读时间稀少，所以他们缩减了它们的篇幅；他们心想，那些可以等到长大以后阅读的书，如果去除一些艰深的内容，却把精华仍留下，让孩子现在就欣赏到，不也是一件很不错的事情吗？

这是一个品种。

很多年前就已经有。

它的名称叫“缩写本”、“改写本”。

这是一种热心和善良的产品。

在很多国家都有过受欢迎的例子。

我们所知道的那个最大的例子是英国的兰姆姐弟的例子。他们把不属于孩子看的莎士比亚的大剧改写成了孩子们可以阅读的故事集，改写成一本书。

这个成功的改写，成功的故事集，成为已经有200年历史的一部名著，和无数舞台上演出的莎士比亚一样闻名。对于孩子们的阅读来说，它比舞台的莎士比亚更闻名，更重要，更有意义。

只要有那热心，只要很讲究地去落实，为了孩子的任何事情都可以做得非常好。

挑给他们的任何的担子都有翩翩的美丽。

他们阅读着这些变薄的比原著简单了的文学、故事，心里喜欢，长大以后也许就会去阅读名著的全本。万一实在没有机会阅读全本的名著，也总算看见过里面的几片云朵，看见过霞光。

我们为什么不谢谢这一份热心？

我们是应当谢谢的。

然后，我们还得继续挑着这美丽的担子走去。

我们会走很久。

知识链接

[本书概述]

本书反映了古希腊从公元前十一世纪到前九世纪被人们习称为“荷马时代”的那段历史中的社会生活面貌，赞颂了古希腊人民的智慧和创造。它以丰富的想象和精彩生动的情节，把人们带入群岛环绕、海陆交错的爱琴海区域的古代文明。

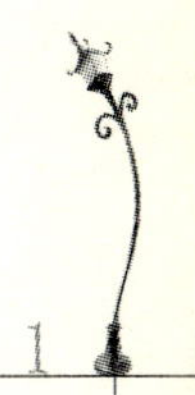

希腊人在古时候的神的意识其实源于人类蛮荒时期对大自然的朦胧认识。在古希腊人的想象中，曾有一个神创造了世界，创造了人类。显然，这已经打上了父系社会的原始烙印。后来古希腊人从多姿多彩的社会生活中逐渐形成了一个为数众多的神组成的谱系。希腊诗人荷马给人类留下了两部历史巨著《伊利亚特》和《奥德修斯记》，书中出现的每一个神，都有分管名下的具体任务，可谓各司其职。不过，荷马式的神的谱系已经是人类在其漫长发展过程中认识逐渐积累的结果。

这些神具有人类的感情、习俗乃至优缺点。他们善知过去与未来，是万能而又无敌的。可是，智慧和权力对不同的神来说又是各不相同的，都有智慧和权力的极限和局限。

古希腊的神国实际上是荷马时代人类骑士社会制度的缩影。宙斯处于神国的顶峰，他的个人意志超越一切，可是他也常常遭到诸神的非议甚至反对。因此，宙斯的愿望与意志都受环境的局限，他也必须服从命运的威力。其实，这里的命运就是没有被古希腊人认识的社会发展的客观规律。

希腊神话中蕴含着人类丰富的文化基因。人类生活在无边无际的空间和时间里，生命受到自然规律的约束。人们把时间分为过去、现在和未来三大段，又把空间分作天堂、大陆和地府三大块。人们努力追求永恒的未来与位列天堂的美好生活，但是，人类几乎都在初期就经受着“灵魂在生命结束以后何处去”的折磨。不难看出，希腊神话中的英雄无不牵系着世俗的生活。他们悲叹人生短暂，抱怨生活中的无数磨难。古希腊人有一种观点认为，灵魂仍致力于自己在阳世的习惯、事业，保持业已取得的地位，灵魂具有坚强的忍耐力，可以忍受种种惩罚。

希腊神话的众神几乎来自于全部的自然现象，而许多神又拥有自己的随从，分别组成各自的活动范围。这是多么丰富的想象，多么动人的诗情画意。人们把社会生活的万般恩怨摇纺成万般色彩的艺术丝线，然后开动想象的织机，编织了一幅幅充满想象甚至无法想象的神奇图案。这里孕育着人类的智慧，抛洒着人类苦难的泪水。从这一层意义上讲，《希腊神话》不愧是伟大的文学创作。

本书除了讴歌大自然、塑造了一个神人共居的社会以外，还严肃地讨论了人类社会的伦理道德，以及人们常常遇到的善与恶、生与死的选择。希腊神话的核心是以人为本。神话赞美人的美好，痛斥神的邪恶，歌颂劳动，歌颂生活，坚信世人自身的力量。

[作者介绍]

希腊神话的产生和发展经历了漫长的岁月。这是多种民族、多种思想、多种语言共同熔炼而成的丰富的文化遗产。希腊神话在诞生千百年以后仍然只是民间口头演唱的题材。“荷马史诗”中增加了许多关于公元前几千年希腊流失的原始宗教的详细记录，使得希腊神话从此以后素享“希腊圣经”的盛名。“荷马史诗”是具有浓厚的浪漫色彩并且打上现实主义时代特色的伟大作品。

德国诗人古斯塔夫·施瓦布在前人的基础上重新整理、挖掘，并最后创作了《希腊神话》。他生于德国的宫廷官员家庭，曾担任席勒的教师。他结识了乌兰德、歌德、沙米索、霍夫曼等一代名流，担任过牧师、编辑以及高级中学教师。他致力于挖掘和整理古代文化遗产。曾出版《美好的故事和传说集》、《德国民间话本》和《希腊神话》。

[作品评价]

马克思在《政治经济学批判》导言中指出：“任何神话都是用想象和借助想象以征服自然力，支配自然力，把自然力加以形象化。”

恩格斯曾在《家庭、私有制和国家的起源》中列举古希腊人在史前各文化阶段的成就和发明时，写道：“荷马的史诗以及全部神话——这就是希腊人由野蛮时代带入文明时代的主要遗产。”

[名言警句]

我宁愿在阳间活着当长工,也不愿死去统治整个阴间世界。

普罗米修斯知道大地上孕育着天神的种子,因此,就用河水调和黏土,按照天神,亦即世界的主宰模样捏塑成一种形体。他为了让这团泥块具有生命,便借用了动物的灵魂中善与恶的两种性格,将它们锁闭在泥团的胸内。从此世界上就有了人。

盒内升腾起一股祸害人间的黑烟,黑烟犹如乌云迅速布满了天空,其中有疾病、癫狂、灾难、罪恶、嫉妒……种种祸害闪电般地充斥了人间。盒子底部藏着唯一的好礼物,那就是希望。潘多拉听从神之父的建议,趁着希望还没有来到盒口的时候,连忙把盖子重新关上,从此把人们的希望永远锁闭在潘多拉的盒子内。

作者:**张曙光**

南京市第一中学语文教研组组长

南京市语文学科带头人

目录

普罗米修斯

创造人类

天地开辟之后，海涛拍岸，水中鱼儿嬉戏，空中鸟儿飞翔，大地上动物成群，然而，这些生物都是没有灵魂的，因此，不足以成为周围世界的主宰。

这时，普罗米修斯降生了，他是被宙斯放逐的古老的神祇族的后裔[①]。普罗米修斯知道，天神的种子蕴藏在泥土中，于是他用河水和泥，按照天神的模样，捏成人形。为了给这泥人以生命，他从动物心里摄取了善与恶两种性格，将它们封进人的胸膛里。

---

① 按照希腊神话的谱系，世界原本是混沌一片。后来混沌中生出了地母该亚和天神乌拉诺斯，他们统治着世界，并生出六子六女，即所谓泰坦诸神。后乌拉诺斯被儿子克罗诺斯推翻，但克罗诺斯的统治也非永久，他的儿子宙斯又推翻了他。宙斯把克罗诺斯和其他泰坦都关进了地狱最深处的塔尔塔罗斯。

智慧女神雅典娜和普罗米修斯是好朋友，她向已经具有一半生命的泥人吹起了神气，于是，泥人获得了灵性。就这样，第一批人在世上出现了，他们繁衍生息，很快越来越多，遍布世界的各个角落。

这时候的人类浑浑噩噩，视而不见，听而不闻，他们如同梦游般漫无目的地走来走去，不知道可以做些什么。于是，普罗米修斯便来帮助人类掌握各种知识，发明各种器物。他教会人们观察日月星辰，使用数字和文字。他还教他们怎样驾驭牲口，怎样利用船和帆在海上航行。怎么看病，怎样占卜，怎样勘探地下的矿产，怎样种植庄稼，都是普罗米修斯教会人类的。

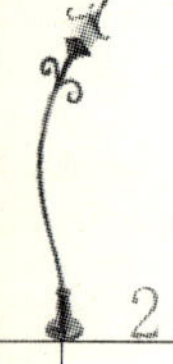

总之，普罗米修斯关心人类生活中的一切，使人们生活得更舒适。

盗火者

这时，宙斯刚刚推翻自己的父亲克罗诺斯，成为天上的主宰。宙斯和他的儿子们开始注意到人类。他们愿意为人类提供保护，但是要求人类服从自己。

这一天，在希腊的墨科涅，诸神集会商谈，确定人类的权利和义务。普罗米修斯也出席了会议。他希望诸神不要给人类太重的负担。

普罗米修斯代表人类，宰了一头大公牛，请诸神选择他

们喜欢的那部分。他把献祭的公牛切成碎块，分为两堆。一堆放上肉、内脏和脂肪，用牛皮遮盖起来，上面放着牛肚子；另一堆则只有牛骨头，但外面用牛的板油包裹着，看起来却比较大一些。

宙斯看穿了普罗米修斯的花招，但仍装作上当了，选择了板油。然后，为了惩罚普罗米修斯的恶作剧，他拒绝把人类生活必需的最后一样东西赐给人类，这样东西，就是火。

但是普罗米修斯还是找到了获得火种的办法。他拿来一根又粗又长的茴香，扛着它走近驰来的太阳车，将茴香伸到它的火焰里点燃，然后带着闪烁的火种回到地上，很快第一堆木柴燃烧起来，熊熊火光直冲天空。

潘多拉

宙斯看见了人间的火光后大发雷霆，但是已经无法把火从人类那儿夺走了，于是，他想了另外一个办法来祸害人类。

宙斯命令以工艺著名的火神赫淮斯托斯造了一尊美女的形象。诸神都向这形象里注入了一些害人的东西。如众神的使者赫耳墨斯教给她甜言蜜语，爱神阿佛洛狄忒赋予她种种诱人的魅力等等。于是宙斯给这个美女取名为潘多拉，意为“具有一切天赋的女人”。

潘多拉带着一只巨大而密封的盒子，被送到人间，她来到普罗米修斯的弟弟埃庇米修斯的面前，请他收下宙斯给他的赠礼。埃庇米修斯憨直善良，虽然普罗米修斯曾经警告过他，不要接受奥林匹斯山上的任何赠礼，可是，埃庇米修斯却忘记了这一点，很高兴地接纳了这个年轻美貌的女人。

本来，人类遵照普罗米修斯的警告，没有灾祸，没有过分艰辛的劳动，也没有折磨人的疾病。现在，潘多拉突然打开了盒盖，里面的灾害像股黑烟似的飞了出来，迅速扩散到地上。盒子底上还深藏着唯一美好的东西：希望，但潘多拉依照宙斯的叮嘱，趁它还没有飞出来的时候，赶紧关上了盖子，因此希望就永远被关在盒内了。

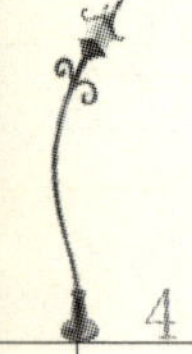

被缚的普罗米修斯

接着，宙斯向普罗米修斯本人报复了。他抓住普罗米修斯，把他交到赫淮斯托斯和两名仆人的手里，这两名仆人外号叫做克拉托斯和皮亚，即强力和暴力。

普罗米修斯被牢固的铁链锁在高加索山的悬崖上，下临可怕的深渊。赫淮斯托斯对他倒并没有敌意，可是，那两个粗暴的仆人则很热衷于执行残酷的命令，“不管你怎样哀叹，都是无济于事的。”赫淮斯托斯对普罗米修斯说，“宙斯的意志是不可动摇的，刚刚才从别人手里夺得权力的人，总是最狠心的。”

普罗米修斯被判永久受折磨，或者至少也得三万年，但是他的精神却是坚不可摧的。另外，普罗米修斯也掌握着关于宙斯的一个重要秘密。有一个神秘的谶语说,“一种新的婚姻将使诸神之王面临毁灭”,就是说宙斯将被他和某位女神或女人所生的儿子推翻。而这位女性究竟是谁,只有普罗米修斯知道。

可以想象,这让喜欢拈花惹草的宙斯感到害怕,他再三威逼普罗米修斯,要他说明这个预言,但普罗米修斯始终没有开口。

于是,宙斯每天派一只恶鹰去啄食被缚的普罗米修斯的肝脏。肝脏被吃掉多少,很快又长出来多少。普罗米修斯将永远忍受这种酷刑,直到将来有人自愿为他献身为止。

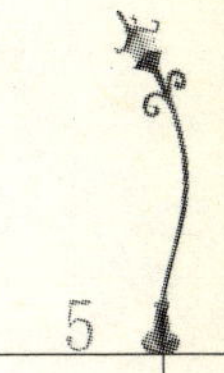

这一天终于来到了。大英雄赫剌克勒斯途经高加索山,他看到恶鹰在啄食普罗米修斯的肝脏,便取出弓箭,一箭将恶鹰射落。然后为普罗米修斯松开锁链,带他离开了山崖。为了满足宙斯的条件,赫剌克勒斯把马人喀戎作为替身留在悬崖上。为了解救普罗米修斯,喀戎他甘愿献出自己的生命[①]。

此外,这之后普罗米修斯仍必须永远戴一只铁环,环上镶上一块高加索山上的石头。这样,宙斯就可以宣称,普罗米修斯仍然被锁在山上。

---

① 参看赫剌克勒斯的故事。

人类的时代

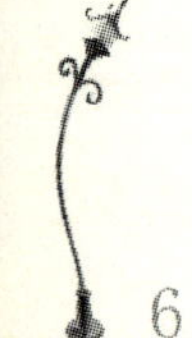

神祇创造的第一代人类乃是黄金一代。那时候统治天国的是克罗诺斯。这代人的生活和神祇一样，轻松愉快，无忧无虑。他们虽然不能长生，但生命的绝大部分时候都是青春年代。当他们感到死期将至，便沉入安详的长眠之中。当命运之神判定，黄金时代的人从地上消失时，他们都成为后来的人类的保护神。这些仁慈的神明在云雾中往来，做着惩恶扬善的工作。

后来，神祇又用白银创造了第二代人类。他们是娇生惯养的孩子，受到母亲的溺爱和照料，百年都保持着童年。但一旦成年，他们的一生就只剩下短短的几年了。他们任性使气，行为放肆，并且自鸣得意，不再敬奉神明。宙斯十分恼怒，要把这个种族从地上消灭。但因为这个种族也不是一无是处，所以他们获得恩准，可以作为魔鬼在地上漫游。

天父宙斯创造了第三代人类，即青铜的人类。这代人残忍而粗暴，只知道战争，总是互相杀戮。他们顽固的意志如同

金刚石一样坚硬，粗壮的双臂也同样坚强有力。他们使用的是青铜武器，住的是青铜房屋，用青铜农具耕种田地，因为那时还没有铁。可是，他们也无法抗拒死亡，离开晴朗而光明的大地之后，他们便坠入阴森可怕的冥府之中。

这之后宙斯又创造了第四代人。这代人比以前的人类更高贵，更公正，他们是古代所称的半神的英雄们。可是最后他们也陷入战争和仇杀中，当他们在战争和灾难中结束了在地上的生命后，宙斯把他们送往极乐岛。极乐岛在天边的大海里，他们在这个风景宜人的海岛上过着宁静而幸福的生活，富饶的大地每年三次给他们提供甜蜜的果实。

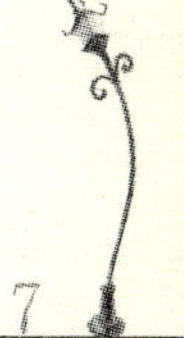

古代诗人赫西俄德说到人类世纪的传说时慨叹道："唉，如果我不生在现今人类的第五代的话，如果我早一点去世或迟一点出生的话，那该多好啊！因为这代人是黑铁制成的！"黑铁时代善恶颠倒，彻底堕落，彻底败坏，充满着痛苦和罪孽。神祇留给人类的只是绝望和痛苦，没有任何的希望。

丢卡利翁和皮拉

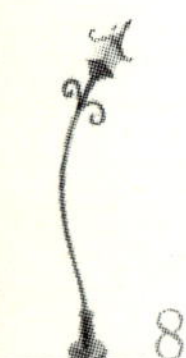

宙斯惩罚吕卡翁

在青铜时代，宙斯不断地听到这代人的恶行，就扮作凡人到人间去查看究竟，结果发现情况比传说中的还要严重得多。

一天夜里，宙斯走进阿耳卡狄亚国王吕卡翁的大厅里，用神奇的先兆表明自己是个神。人们都跪下来向他顶礼膜拜，但残暴的吕卡翁却不以为然，他坚信这位陌生的来客只是个装神弄鬼的凡人而已。为了证明自己的判断，吕卡翁决定等到客人半夜熟睡的时候刺杀他。在这之前，吕卡翁先悄悄地杀了一个无辜的人，把他切碎煮熟，作为晚餐献到陌生的客人面前。

宙斯把这一切都看在眼里，他被激怒了，从餐桌上跳起来，施放复仇的火焰，焚烧这个不义的国王的宫院。吕卡翁惊恐万分，想逃到宫外去，可是，他的呼喊变成了凄厉的号叫，他身上的皮肤变得粗糙多毛，他双臂支到地上，变成了两条前腿。吕卡翁成了一只嗜血的狼。

宙斯毁灭人类

宙斯回到奥林匹斯圣山，他与诸神商量，决定根除这一代可耻的人。起先他想用闪电鞭笞整个大地，但随即想到，这种破坏是很难控制的，天国也可能被殃及，宇宙的枢纽会被烧毁。于是宙斯改变主意，决定降下暴雨，用洪水灭绝人类。

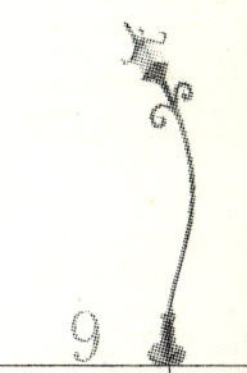

这时，一切温和的风都被锁在埃俄罗斯[①]的岩洞里，只有粗暴的南风被放出来。雷声隆隆，大雨如注，暴风雨摧残了地里的庄稼，农民的希望破灭了，整整一年的辛劳都白费了。

宙斯的兄弟海神波塞冬也加入进来，他召集了所有的河流，命令他们掀起狂澜，吞没房屋，冲垮堤坝。波塞冬手执三叉神戟，撞击大地，为洪水开路。河水汹涌澎湃，势不可挡。顷刻间，整个大地变成一片汪洋。

一群群人都被洪水冲走，幸免于难的人后来也饿死在光秃秃的山顶上。只有普罗米修斯的儿子丢卡利翁事先得到父亲的警告，造了一条大船。丢卡利翁和他的妻子皮拉，是男人和女人中最善良、最虔诚的。宙斯从天上俯视人间，看到惊涛骇浪之中只剩下一对可怜的人，并且善良而信仰神祇，于是

---

① 埃俄罗斯是风神。

平熄了怒火。唤来北风驱散了乌云，让天空重见光明。波塞冬见状也放下三叉戟，使滚滚的海涛退去。

人类的重生

大地重新浮出水面，但已是一片荒芜泥泞，如同坟墓一样死寂。丢卡利翁看着这一切，禁不住淌下了眼泪，他对妻子皮拉说："我们两个孤单的人在这荒凉的世界上，又能做什么呢？唉，要是我有我的父亲普罗米修斯那样把灵魂给予泥人的本事，那该多么好啊！"

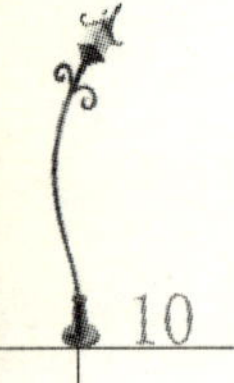

两个人抱头痛哭后仍没有主意，只好来到正义女神忒弥斯半荒废的圣坛前跪下，恳求说："女神啊，请告诉我们，该如何创造已经灭亡了的一代人类。啊，帮助沉沦的世界再生吧！"

"离开我的圣坛，"女神的声音回答说，"然后把你们母亲的骸骨扔到你们的身后去！"

两个人一时不能明白这神秘的指点。妻子皮拉拒绝做这样对母亲不敬的事，但思索之后，丢卡利翁的心里却豁然开朗："大地是我们仁慈的母亲，她的骸骨就是石块。皮拉，我们应该把石块扔到身后去！"

于是，两个人按照女神的命令，把石块朝身后扔去。奇迹出现了：坚硬的石头变得柔软巨大，逐渐显现出人的模样。奇怪的是，丢卡利翁往后扔的石块都变成男人，而皮拉扔的全

变成了女人。

直到今天，人类并不否认自己的起源，人类永远记得，他们是由什么物质造成的。

宙斯和伊娥

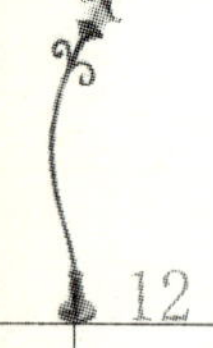

帕拉斯戈斯的国王伊那科斯有一个美丽的女儿，名叫伊娥。有一次，宙斯在奥林匹斯山上俯视人间，正看见牧羊的伊娥，她的美貌使宙斯顿时心生爱慕。于是宙斯扮作男人，来到伊娥面前，他说："哦，年轻的姑娘，能够拥有你的人是多么幸福啊！可是世界上任何凡人都配不上你，你只适宜做万神之王的妻子。告诉你吧，我就是宙斯！你不用害怕，现在这么热，你快跟我到左边的树荫下去休息，为什么在中午的烈日下折磨自己呢？"

姑娘非常害怕，为了逃避宙斯的诱惑，她飞快地奔跑起来。但是宙斯略施法力，就让这一带都变成伸手不见五指的漆黑一片，伊娥茫然不知所措，因此落入宙斯的手中。

宙斯的妻子是诸神之母赫拉，赫拉深知宙斯喜欢拈花惹草，对凡人或半神的女儿滥施爱情，所以她一向紧盯着丈夫。这时，她突然发现地上有一块地方在晴天也云雾迷蒙，顿时起了疑心。赫拉寻遍了奥林匹斯圣山，就是找不到宙斯。于是她确定，宙斯又在捣鬼了。

赫拉追到地上，驱散浓雾。宙斯预料到妻子来了，赶紧把伊娥变成一头雪白的小母牛。赫拉看穿了宙斯的把戏，但故意装作毫不知情的样子，只是称赞这头母牛真是美丽，并要求丈夫把它作为礼物送给自己。宙斯当然不情愿，但是他不能说出实情，而要说一头母牛都舍不得给妻子，又实在太说不过去，只好答应了。

赫拉装作心满意足的样子，得意洋洋地牵着小母牛走了。然后，赫拉找到百眼巨人阿耳戈斯，让他看守伊娥。阿耳戈斯是一个有一百只眼睛的怪物，可以同时看见四面八方，并且睡觉时只闭上一双，其余的都睁着，如同星星一样明亮发光。

伊娥在一百只眼睛的严密看守下，白天在山坡上吃草，晚上则被锁链锁住脖子，睡在坚硬冰凉的地上。有时，伊娥忘记自己已经不再是人类了，她想伸出双手，乞求怜悯和同情，这时才发现她已没有手臂了，要想开口哀求，却只能发出哞哞的吼叫。

阿耳戈斯按照赫拉的吩咐，带着伊娥居无定所，使宙斯找不到她。这一天，伊娥惊奇地发现自己竟回到了故乡，她看见自己的姐妹们和父亲伊那科斯，便来到他们身边，可是他们都认不出她了。

终于伊娥想出了一个拯救自己的主意。虽然她变成了一头小母牛，可是还可以像人类一样思想，她用脚在地上画出

一行字，这个举动引起了父亲的注意。伊那科斯从地上的字迹中了解了一切。老人伸出双臂，紧紧地抱住落难女儿的脖颈，他惊呼道："天哪，我是一个不幸的人！我走遍全国到处找你，想不到你成了这个样子！"

话还没有讲完，阿耳戈斯这个残暴的看守，就从老人的手里抢走了伊娥，牵着她走开了。宙斯不能再狠心坐视下去了，他把儿子赫耳墨斯召到跟前，命令他设法使阿耳戈斯闭上所有的眼睛。

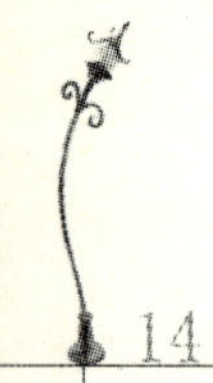

赫耳墨斯带上一根催人昏睡的神杖，降落到人间。他变成一个牧人，呼唤一群羊跟着他，来到阿耳戈斯看守伊娥的地方。赫耳墨斯抽出一支牧笛，吹起了乐曲。阿耳戈斯被美妙的音乐迷住了，他不但没有赶走赫耳墨斯，反而招呼他到自己身边，于是两人攀谈起来。

他们越说越投机，不知不觉日薄西山，阿耳戈斯打了几个哈欠，睡意朦胧。赫耳墨斯又吹起牧笛，想催他快点进入梦乡。可是阿耳戈斯怕赫拉动怒，不敢怠懈自己的职责。尽管他的一百只眼皮都快支撑不住了，他还是拼命同瞌睡作斗争，让一部分眼睛先睡，而让另一部分眼睛睁着，紧紧盯住小母牛。

赫耳墨斯开始给阿耳戈斯讲牧笛的故事："从前，在阿耳卡狄亚的雪山上住着一个女神，她名叫绪任克斯。她十分美貌，却害怕婚姻的束缚，如同束着腰带的狩猎女神阿耳忒弥斯一样，她要始终保持处女的生活。但最后，强大的山神潘看到了她，凭着自己显赫的地位急切地向她求爱。绪任克斯夺路而逃，一直逃到拉同河边，河面很宽，她无法淌水过去，姑娘很焦急，只得哀求阿耳忒弥斯的帮助。狩猎女神同情这个和自己有同样选择的姑娘，愿意帮她改变模样。这时，山神潘追到近前，一把抱住站在河岸边的姑娘。但使他吃惊的是，他怀中抱的竟是一根芦苇。山神发出忧郁的悲叹，声音经过芦苇管时变得响亮，引起如泣如诉的回声。于是失望的山神说：'好吧，变形的情人啊，即使如此，我们也要结合在一起！'他把芦苇切成长短不同的小杆，用蜡把芦苇杆粘接起来，制成芦笛。从此以后，我们就叫这种牧笛为绪任克斯。"

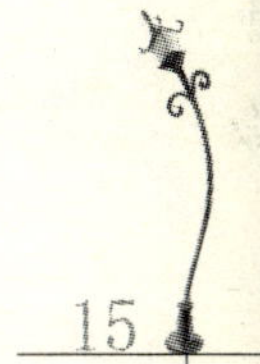

故事还没有讲完，阿耳戈斯的眼睛一只只地依次闭上，沉沉昏睡过去。赫耳墨斯放下牧笛，用他的神杖轻触阿耳戈斯的一百只神眼，使它们睡得更死[①]。然后，他迅速抽出一把利剑，砍下阿耳戈斯的头颅。伊娥获得了自由，但仍然保持着小母牛的模样。

当然，下界发生的这一切事都逃不过赫拉的眼睛。她又想出了一种新的方法来折磨自己的情敌。她抓到一只牛虻，让牛忙叮咬可爱的小母牛。伊娥被咬得几乎发狂，她惊恐万分，被牛虻追来逐去，逃遍了世界各地。最后，她绝望地来到了埃及，在尼罗河河岸上，伊娥再也没有力气，她前脚跪下，昂起头仰望着奥林匹斯圣山，眼睛里流露出哀求的目光。

---

① 后来，赫拉把阿耳戈斯的眼睛拿去，装饰孔雀尾巴上的羽毛。

宙斯被深深感动了，他来到赫拉那里，拥抱她，请她对可怜的姑娘大发慈悲。宙斯说，伊娥没有诱惑他，她是清白无辜的。他指着阴阳交界的冥河——即众神立誓的斯提克斯河——向妻子发誓，以后他不再追求她了。这时，赫拉也听到小母牛求救的哀鸣声，这位众神之母终于心软了，允许宙斯恢复伊娥的原形。

伊娥重新恢复了楚楚动人的美丽形象，就在尼罗河的河岸上，她为宙斯生下了一个儿子厄帕福斯，他后来当了埃及国王。厄帕福斯长大后娶门菲斯为妻，生下女儿利彼亚，利比亚地方就以她而得名。伊娥和厄帕福斯在埃及受到人们的尊敬和爱戴。在他们死后，埃及人为他们建立庙宇，把他们当作神来崇拜，她是伊西斯神，他是阿庇斯神。

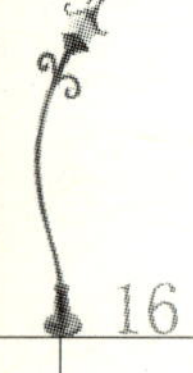

法厄同

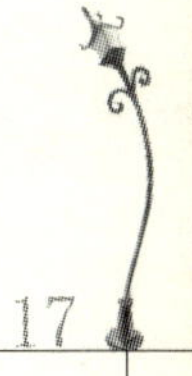

法厄同是太阳神福玻斯·阿波罗和人类克吕墨涅所生的儿子。法厄同在人间长大，从小受尽了嘲笑。人们不相信他是天国的子孙，说他的父亲是一个不知姓名的野男人。

这一天，法厄同找到太阳神的宫殿。阿波罗认出自己的儿子，问他为什么到这里来。法厄同诉说了自己在地上的遭遇，最后说："我来请求父亲给我一些凭证，让我向全世界证明我确是您儿子。"

听到他的话，阿波罗收敛了头上的万丈光芒，不然这灼热会把人烧伤，他拥抱着儿子说："我永远也不会否认你是我的儿子。为了消除你的怀疑，你向我要求一份礼物，我指着冥河发誓，一定满足你的愿望！"

法厄同立即说："我做梦都想着，让我有一天时间，独自驾驶你的那辆带翼的太阳车！"

太阳神一阵惊恐，脸上流露出后悔莫及的神色。他连连摇头："哦，我如果能够收回诺言，那该多好啊！你的要求远远超出了你的力量。没有一个神敢像你一样提出如此狂妄的要求，何况你还是个年轻的人类。除我以外，没有谁能够站在喷射火焰的车上驾驭这辆马车。我可爱的儿子，趁现在还来得及，放弃你的愿望吧。你可以重提一个要求，从天地间的一切财富中挑选一样。”

可是年轻人很固执，不肯改变他的愿望，而父亲已经立过神圣的誓言，所以他不得不拉着儿子的手，朝太阳车走去。

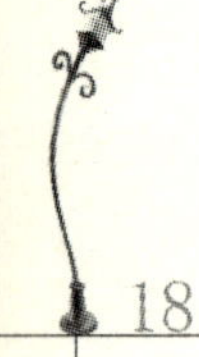

不知不觉中，月落星稀，天已破晓。阿波罗命令时光女神赶快套马，自己用圣膏涂抹儿子的面颊，使他可以抵御熊熊燃烧的火焰，并再一次希望法厄同放弃妄想。但这个年轻人好像没有听到父亲的话，他一跃上车，兴冲冲地抓住缰绳。四匹有翼的马嘶鸣着，马蹄踢踏着地面，它们灼热的呼吸在空中喷出火花。法厄同让马儿拉着车辕，即将启程了。

马车登上路程飞速向前，马匹觉察到今天驾驭它们的是另外一个人，因为负重比平日里轻了许多，所以它们撒野奔驰起来。法厄同惊慌失措，他朝下张望，看见一望无际的大地展现在眼前，于是更是紧张得脸色发白，双膝恐惧得颤抖起来。

回过头去，自己已经走了很长一段路程，望望前面，前途更加漫长。法厄同不禁倒抽一口冷气，不由自主地松掉了手中的缰绳。马匹拉动太阳车越过了天空的最高点，开始往下冲刺。这时，它们索性离开了原有的道路尽情驰骤。马车一会儿高，一会儿低，高的时候触到高空的恒星，低的时候则逼近地面。大地因灼热而龟裂，草原干枯，森林起火，耕地成了一片沙漠，无数城市冒着浓烟，人们被烤得焦头烂额。据说，埃塞俄比亚人的皮肤就是那时变成黑色的。

法厄同看到世界各地都在冒火，他自己也感到炎热难忍。浓烟热气把他包围住了，从地面上爆裂开来的灰石从四面八方朝他袭来。最后他支持不住了，一头扑倒，跌出了豪华的太阳车。可怜的法厄同成了一团火球，在空中飞落。最后，他远离了他的家园，广阔的厄利达努斯河接受了他，埋葬了他的遗体。

太阳神阿波罗目睹了这悲惨的情景，他抱住头，陷于深深的悲哀之中。这一天全世界都没有阳光，只有大火照亮了原野。

欧罗巴

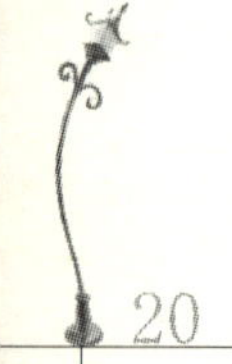

腓尼基王国的都城泰乐和西顿是块富饶的地方。国王阿革诺耳的女儿欧罗巴，一直生活在深宫之中。一天半夜里，她做了一个奇怪的梦。她梦见世界的两大部分：亚细亚和对面的大陆变成两个女人，在激烈地争斗，想要占有她。

亚细亚变成的女人，长得完全跟当地人一样，而另一位妇女则非常陌生。亚细亚十分激动，她温柔而又热情地要求得到欧罗巴，说自己是把她从小喂养大的母亲；而陌生的女人却像抢劫一样强行抓住她的胳膊，将她拉走。“跟我走吧，亲爱的，”陌生女人对欧罗巴说，“我带你去见宙斯！因为命运女神指定你做他的情人。”

欧罗巴惊醒过来，心还慌乱地跳着。她从床上坐起，梦境仍浮现在眼前，竟跟白天的真事一样分明。她呆呆坐了很久，想念着那个陌生女人，对她的抢劫，竟不想拒绝。

一会儿，和她年岁相仿的许多贵族家的姑娘都聚拢过来，同她游戏玩耍。她们陪她散步，一直来到海边的草地上。

这里鲜花遍地，芬香四溢，姑娘们欢笑着散了开来，采摘自己喜欢的花朵。欧罗巴很快发现了她要找的花，她站在几位姑娘中间，双手高高地举着一束火焰般的红玫瑰，看上去真像爱情女神阿佛洛狄忒一样美丽。

天上的宙斯被欧罗巴的美貌深深吸引住了。可是，他害怕妒忌成性的妻子赫拉发怒，便想出了一条诡计。

宙斯把赫耳墨斯叫到跟前，吩咐他说：“快过来，我的孩子，我的命令的忠实执行者，”他说，“你看到腓尼基王国了吗？你快下去，把在山坡上吃草的牲口统统赶到海边去。”

赫耳墨斯立即鼓动翅膀，飞向西顿的牧场。宙斯则摇身一变，变成了一头公牛，混在牧场的牛群里。

牛群被赫耳墨斯赶到海边的姑娘们那里，宙斯变成的公牛凑到欧罗巴身边。这是一头膘肥体壮、高贵而华丽的牛，可是它并不咄咄逼人，也不叫人感到可怕，好像很温顺，很可爱的样子。姑娘们兴致勃勃地围拢来，看着它，还伸出手抚摸它油光闪闪的牛背。欧罗巴越看越喜欢这头漂亮的公牛，最后壮着胆子在牛的前额上轻轻地吻了一下。公牛发出一声欢叫，这不像普通的牛鸣，听起来如同是吕狄亚人的牧笛声。

公牛温顺地躺倒在姑娘的脚旁，无限爱恋地瞅着她，示意她爬上自己宽阔的牛背。欧罗巴从女伴们的手上接过花环，挂在牛角上，然后骑上牛背，并招呼女伴们一起上来。在其他姑娘还在犹豫的时候，公牛见已达到目的，便从地上跃起，驮着欧罗巴远去。公牛越跑越快，欧罗巴还没有来得及知道发生了什么事，公牛已经纵身跳进了大海，高兴地背着他的猎物游走了。欧罗巴右手紧紧地抓着牛角，左手抱着牛背，海风吹动着她的衣服，好像张开的船帆。她非常害怕，回过头张望着在远方的故乡，大声呼喊女伴们，可是风又把她的声音送了回来。

整整一天之后，终于来到了远方的海岸，公牛爬上陆地，来到一棵大树旁，让姑娘从背上轻轻滑下来，自己却突然消失了。姑娘正在惊异，却看到面前站着一个天神一样的男人。他自称是克里特岛的主人，并向欧罗巴求婚。欧罗巴绝望之余便答应了他。宙斯实现了自己的愿望。

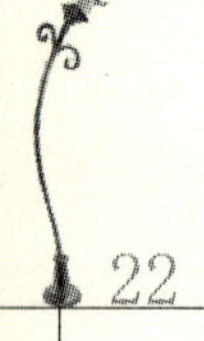

第二天，欧罗巴从昏睡中渐渐醒了过来。她惊慌失措地望着四周，呼喊着父亲的名字。她不相信所发生的一切，可是眼前陌生的一切又不由得她不信。绝望之中，姑娘忿恨不已，她不停地责骂自己，想到了死，可是又拿不出死的勇气。突然，她听到背后传来一阵低低的嘲笑声。

欧罗巴惊讶地回过头去，她看到女神阿佛洛狄忒站在面前，她的旁边是她的小儿子爱情天使厄洛斯，他弯弓搭箭，跃跃欲试。女神嘴角露着微笑，说："美丽的姑娘，赶快息怒吧！我就是给你托梦的那位女子。欧罗巴，你命中注定要成为宙斯的妻子，你的名字是不朽的，从此，收容你的这块大陆就按你的名字命名，称作欧罗巴！"

卡德摩斯

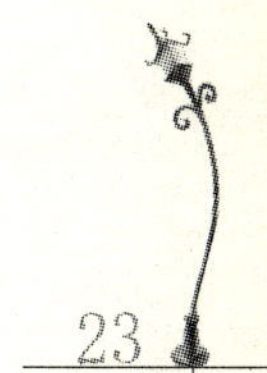

卡德摩斯是腓尼基国王阿革诺耳的儿子，欧罗巴的哥哥。宙斯带走欧罗巴后，国王阿革诺耳痛苦万分，他急忙派卡德摩斯和其他的三个儿子外出寻找，并告诉他们，找不到妹妹不准回来。

很长时间过去了，卡德摩斯始终打听不到妹妹欧罗巴的消息。他不敢回归故乡，因此请求太阳神福波斯·阿波罗赐给神谕，告诉该何去何从。阿波罗指示他说："你将在一块孤寂的牧场上遇到一头牛，这头牛还没有套上轭具，它会带着你一直往前。当它躺在草地上休息的时候，你可以在那里造一座城市，把它命名为忒拜。"

不久后，卡德摩斯就看见了太阳神福波斯所指示的牛，于是，他跟随着这牛犊向前走去。经过漫长的跋涉，终于牛犊满意地躺在柔软的草地里。卡德摩斯怀着感激之情跪倒在地，亲吻着这块陌生的土地。

这时，卡德摩斯想给宙斯献上一份祭品，于是派出仆人，命他们到活水水源处取水,以供神祇饮用。附近有一片从无人迹的古老森林,林中山石间涌出一股清泉,潺湲流转,穿过了层层灌木。但是,在这片森林里隐藏着一条毒龙。卡德摩斯的仆人们循着溪流走进山林, 正要把水罐沉入水中打水时,蓝色的巨龙突然从洞中伸出脑袋,把卡德摩斯的仆人统统杀死了。

仆人久去不归,卡德摩斯意识到出了问题,他决定亲自去寻找他们。当然,他小心戒备,全副武装。卡德摩斯披上一件狮皮,手执长矛和标枪,最重要的是,他有一颗比任何武器更坚强的勇敢的心。

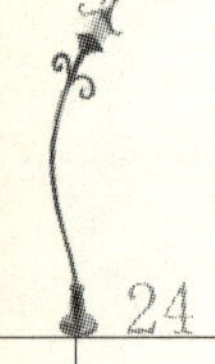

很快,卡德摩斯看见了树林中一大堆尸体,和杀害他们的凶手。恶龙洋洋得意地吐出血红的信子,舐食着遍地鲜血。

“可怜的朋友啊!”卡德摩斯痛苦万分地叫了起来,“如果不能为你们复仇,我就跟你们死在一起!”

卡德摩斯与恶龙展开激烈的搏斗,他的长矛刺进龙的嘴里,恶龙一口咬住了长矛,卡德摩斯则拼命用力抵住,恶龙的牙齿纷纷掉落。终于恶龙的脖子里流出了血水,卡德摩斯看准机会,腾出手来拔出佩剑,一剑朝恶龙的脖颈刺去。这一剑刺得又狠又重,终于杀死了恶龙。

这时,帕拉斯·雅典娜出现了,她命令卡德摩斯把龙的牙齿播种在松软的泥土里,这是未来种族的种子。卡德摩斯按照女神的吩咐,在地上开了一条宽阔的沟,然后把龙的牙齿慢慢地撒入土里。突然,泥土下面开始活动起来,一个又一个

武士从地里钻出来。不一会，地下长出了一整队武士。

这些武士不理会卡德摩斯，反而自相残杀起来。最后，他们只剩下五个人，其中一个后来取名为厄喀翁的，首先响应雅典娜的建议放下武器，表示愿意和解，其他的人也同意了。于是，腓尼基王子卡德摩斯和这五位武士一起建立了一座新城市。根据太阳神阿波罗先前的指示，卡德摩斯把这座城市叫作忒拜。

彭透斯与酒神

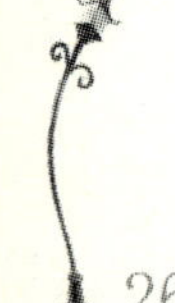

酒神回到忒拜

卡德摩斯的女儿塞墨勒,与宙斯生下了一个儿子,就是酒神巴克科斯,又叫狄奥尼索斯,他是果实之神,发现了种植葡萄的办法。狄奥尼索斯是在印度长大的,后来漫游各地,向世人传授种植葡萄的技术,并要求人们建立神庙来供奉他。狄奥尼索斯是个重感情轻理智的神,他给他朋友的关爱,远不是一般神祇可以比拟的,但是对不相信他是神的人,他却常常施以残酷的惩罚。

不久,狄奥尼索斯声名传遍了希腊,并传回他的故乡忒拜。此时卡德摩斯年事已高,把王国传给外孙彭透斯。彭透斯侮慢神祇,尤其憎恨他的表兄狄奥尼索斯。

酒神狄奥尼索斯带着一群狂热的信徒来到忒拜,很快,忒拜城内的许多男人、妇女和女孩子都追随、赞美这位新来的神祇。彭透斯对此愤怒极了,他认定狄奥尼索斯只是一个

凡人，便命令仆人们把这一新教的教主给抓起来，套上脚镣手铐。彭透斯的亲友们害怕这个决定会带来灾难，连他的外祖父卡德摩斯也摇着白发苍苍的头，表示反对。可是，一切劝说只能越发激怒彭透斯。

阿克忒斯讲述酒神在海上的神迹

彭透斯派去执行任务的仆人都头破血流地逃了回来，因为到处都是酒神狂热的信徒。他们禀报说没有碰到狄奥尼索斯本人，只是抓住了一个他的仆人。

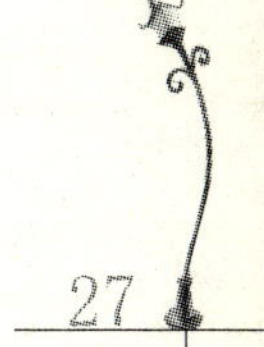

彭透斯狠狠瞪着抓来的人，大声问道："该死的东西，你叫什么名字？父母亲是谁，家住哪里？为什么信奉这愚蠢的新的教仪？"

这个人平静地回答说："我叫阿克忒斯，家乡在梅俄尼恩。我的父母亲都是普通人，父亲只教我海上讨生活的本事。我成了一个航海者。有一次，船在开往爱琴海的提洛斯岛的时候，在一处无名的沙滩，我们发现了一个男孩。男孩长得很英俊，像个女郎一样漂亮，他好像喝醉了酒，走起路来踉踉跄跄，我们把他带上了船。

"我确定这孩子是一位天神，但是别人都不相信，他们都嘲笑我，他们中最年轻最壮实的一个甚至抓住我的衣领，把我朝水里扔去。我如果不是凑巧抓住船上的一根绳索，肯定会淹死。

“男孩希望我们把船开往那克索斯岛，那里是他的故乡！这批骗人的水手假装答应他，却吩咐我立即扬帆，向相反的方向开船。我拒绝加入这个骗局，于是另一个人取代了我的工作。

“男孩似乎这时才发现他们的骗局，他佯装绝望的样子，向水手们苦苦哀求。但水手们只是嘲笑地看着他和我，手上不停地划桨，没有改变方向。突然，船停止不动了，好像搁浅似的，不管水手们如何用桨划水，都无法前进。葡萄藤凭空生长出来，缠住了船桨，藤蔓攀上了桅杆。香甜的葡萄酒味传遍全船。

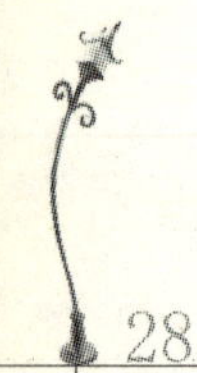

“巴克科斯——原来男孩就是他，神采奕奕地站在那里，水手们吓得跳了起来。第一个人刚要叫喊，却发现自己的嘴唇和鼻子已连在一起，他变成了一条鱼。很快，船上其他所有的人都变成了鱼，从甲板上跳入大海，只剩下我安然无恙。

“我四肢发抖，等待着同样的命运降临到我的头上。可是，巴克科斯却友好地走上前来，他说：‘你别害怕，请把我送往那克索斯。’当我们到达那里时，他把我拉在祭坛旁，将我封为侍候神的仆人。”

“我们不耐烦听你这套废话，”国王彭透斯叫道，“来人，把他抓起来，把所有的苦刑施加到他身上，然后把他押在地牢里！”国王的奴仆们遵命这样做了，可是一只看不见的手却把这个酒神的信徒放走了。

彭透斯之死

国王十分愤怒，开始大规模地迫害巴克科斯的信徒。但是他的生身母亲阿高厄和几位姐妹却都参加了热烈的礼拜活动。国王派人捕捉她们，并把巴克科斯的信徒统统关进大牢里。可是，他们的手铐脚镣自动脱落，监狱的门自动大开，她们怀着对巴克科斯的敬仰，回到了树林里。

捉拿酒神的仆人回来了，他们一脸惶惑，因为巴克科斯微笑着甘愿被套上枷锁。巴克科斯站在国王面前，尽管不想承认，但酒神的年轻美貌仍然令彭透斯震惊。但彭透斯还是顽固不化，叫人给酒神钉上重镣，关在一个山洞里。当然，这是无效的，洞口的砖墙被震塌，手脚上的镣铐也松开了。酒神安然无恙地走了出来，回到他的追随者中间，并显得比以前更漂亮、更英俊。

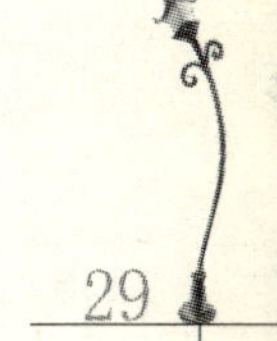

又有一名探听消息的人来到国王彭透斯面前，他汇报了那些狂热的妇女在树林里的情形，种种奇迹发生在她们身上。这个人并且补充说：“如果你自己在场，亲眼看到那位神，你也一定会朝他跪下去！”彭透斯更加怒不可遏，他命令全副武装的步兵和骑兵去驱散那些信徒。

巴克科斯再次来到国王面前，答应带他去见那些女信徒，但国王必须穿上女人的衣衫，因为他是男人，而且还未入教，女人们会把他撕成碎片的。国王彭透斯勉强接受了这个建议。

他们来到一处深山大谷，周围布满了松树。巴克科斯的女信徒们聚拢过来，向着她们的神高唱颂歌，她们用新鲜的葡萄藤缠着她们的神杖。但彭透斯却已经双目失神，竟看不见狂热地聚拢过来的妇女们。

现在，酒神把一只手伸向天空，奇迹出现了，彭透斯坐到了最高的松树的顶端，他稳稳地坐在高高的树冠上。山谷里众多酒神的女信徒都看到了国王，可是国王却看不见她们。

这时酒神狄奥尼索斯对着山谷大喊一声："妇女们，他就是嘲笑我们神圣教仪的人，惩罚他吧！"妇女们听到了教主呼唤的声音，顿时飞快地冲向那棵松树。她们先向彭透斯投掷石块、折断的树枝和神杖。看到这些东西不能把国王从树冠上打下来，她们就挖掘松树周围的泥土，树根暴露出来，大树轰隆一声倒了下来，彭透斯和树身一起栽倒在地。

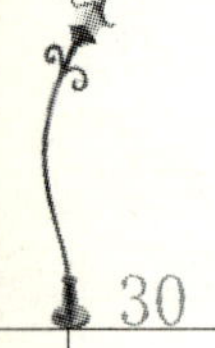

酒神在彭透斯的母亲阿高厄双眼上画了符咒，所以她认不出自己的儿子，反而冲在最前面，示意大家惩罚开始。这时国王突然恢复了知觉，他高喊一声"母亲"，想扑进母亲的怀抱。但这位狂热的女信徒所看见的，却只是一头凶狠的野狮，她一把抓住儿子的肩膀，猛地拉断他的右臂。彭透斯的姐妹们蜂拥而上，又扯下了国王的左臂。一群妇女疯狂地奔上前来，七手八脚，每人从彭透斯身上撕下一块皮肉。

彭透斯被完全肢解后，阿高厄又伸出满是血污的双手，将儿子的脑袋固定在自己的神杖上。她仍然以为这是一个巨大的狮子头，并且带着它兴奋地穿过喀泰戎的森林。

珀耳修斯

珀耳修斯是宙斯的儿子,他的母亲则是阿耳戈斯国王阿克里西俄斯的女儿。神谕告诉阿克里西俄斯,他的外孙将会夺取他的王位和生命。因此珀耳修斯一出生,就和母亲一起被外祖父装在一只箱子里投入大海。宙斯保佑着在大海中漂流的母子,引导这只箱子穿过风浪,最后箱子一直漂到塞里福斯岛。岛上有两位兄弟收留了他们,并悉心地抚育珀耳修斯。

珀耳修斯长大成人后,决定外出去冒险,建功立业。勇敢的小伙子雄心勃勃,决心砍下女妖墨杜萨那颗丑恶的脑袋,但是在实施这个计划之前,珀耳修斯首先找到了众怪之父福耳库斯的女儿:格赖埃三姐妹。

她们生下来就是满头白发,三个人共用一只眼睛,一颗牙齿。珀耳修斯夺走了她们的牙齿和眼睛,要求她们告诉自己,怎样找到仙女。为了取回这必不可少的牙和眼,三姐妹指明了到仙女那里去的道路。

这些仙女有几样宝物：一双飞鞋，一只神袋，一顶狗皮盔。无论谁，装备了这些东西，就可以随心所欲地飞翔，他看得见别人，而别人却看不见他。在仙女那里，珀耳修斯得到了三件宝贝。他背上神袋，穿上飞鞋，戴上狗皮盔。此外，他又从赫耳墨斯那里得到一面青铜盾。

珀耳修斯飞向大海，那里是福耳库斯的另外三位女儿，即戈耳工们居住的地方。这三姐妹都遍体鳞甲，没有头发，头上盘着一条条毒蛇，任何人看到她们都会立即变成石头。其中，只有小女儿墨杜萨是肉体凡胎，珀耳修斯就是奉命来取她的脑袋的。

珀耳修斯发现戈耳工们正在睡觉，他背过脸去，用光亮的盾牌作镜子，镜中映出三个头像。珀耳修斯认出了谁是墨杜萨，一剑割下了女妖的头。墨杜萨身首分离的时候，从她身躯里跳出一匹双翼的飞马珀伽索斯，后面又紧跟着一位巨人克律萨俄耳，他们都是海神波塞冬的后代[①]。

珀耳修斯小心地把墨杜萨的头颅塞进背上的神袋，悄悄离开了。墨杜萨的姐姐们醒来后，看见了妹妹的尸体，便立刻展开翅膀，飞到空中追赶凶手。可是珀耳修斯戴着仙女的狗皮盔，她们无法找到他。

珀耳修斯一路向西飞行，经过国王阿特拉斯的国土时他

---

① 墨杜萨本是美女，在雅典娜神庙中被海神波塞冬所奸污，雅典娜觉得这是对自己的侮辱，才把她变得满头蛇发。

降落下来，想在此借宿，但阿特拉斯国王害怕自己的宝物被盗，所以狠心地把珀耳修斯逐出了宫。珀耳修斯十分愤怒，当场向国王亮出墨杜萨的头颅，自己却背过身子。于是这位身材高大如同巨人的国王变成了一片山峦，胡须和头发则变成了广阔的森林。

珀耳修斯继续上路。在埃塞俄比亚的海岸边，他看到耸立在大海之中的山岩上捆绑着一个年轻美丽的姑娘。珀耳修斯为她的美貌所打动，便向她询问。原来姑娘叫安德洛墨达，是埃塞俄比亚国王刻甫斯的女儿。因为她的母亲夸耀她比海神涅柔斯的女儿还要漂亮，这些海洋女仙便发大水淹没了整个国家，还派来一个吞食陆上一切的妖怪。神谕宣示：如果想使国家得到解救，必须把国王的女儿作妖怪的食物，因此国王便把她绑在这里。

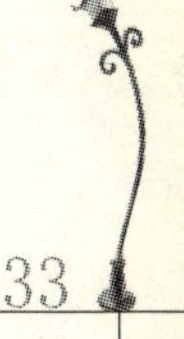

姑娘刚刚讲完前因后果，滔天的海浪滚滚而来，海水中冒出了一个妖怪，珀耳修斯上前与妖怪大战，一番激烈的搏斗后，妖怪终于被杀死。国王夫妇因此对珀耳修斯感激不已，不但把女儿安德洛墨达许配给他，还把整个王国作为嫁妆。

正当珀耳修斯和安德洛墨达婚礼在欢乐地举行时，王宫的前厅里突然骚动起来。原来国王刻甫斯的弟弟菲纽斯带了一批武士闯了进来。他从前曾经追求过安德洛墨达，在她危难时却舍弃了她。现在危机过去，他却来旧事重提。

菲纽斯挥舞着长矛闯进婚礼大厅，国王刻甫斯从席间站起来。“你疯了！” 他喝斥道，“不是珀耳修斯抢去了你的未婚妻。当我们被迫牺牲她时,你看着她被绑在那里,你为什么不亲自去救她,却袖手旁观呢?"

菲纽斯无言以对,便干脆指挥手下的武士发起进攻。他们有备而来,人数众多,武器精良。珀耳修斯和婚礼上的宾客被团团围住,片刻之间,就有很多人倒在血泊之中。

珀耳修斯背靠一根大柱,知道单凭自己的勇力已经解决不了问题,于是决定拿出最后的一招。他叫道:"我只好叫过去的仇敌帮助我了,请我的朋友都转过脸去!"话音刚落,他从神袋里取出墨杜萨的头,朝着逼近的对手伸了过去。于是菲纽斯的手下一个接一个的变成了石头。最后,菲纽斯身边只剩下姿态不同的石像,他惊恐万分,一改往日的骄横,绝望地哀求着:"饶我的命吧!王国和新妇都给你!"说完他转过身子。

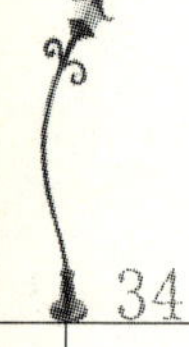

"你这个贼徒,"看着地上的尸体,珀耳修斯怒骂道,"我将在岳父的宫殿里为你永远立一块纪念碑!" 菲纽斯左躲右闪,想让自己的眼光躲开那可怕的头颅,但他终于没有躲过,变成了一座神色恐惧的石像,双手下垂,完全是一副卑贱的奴仆模样。

珀耳修斯终于能够带着年轻的妻子安德洛墨达回乡了。以后他的日子是幸福的,但他仍不能避免给外祖父阿克里西俄斯带来灾难。阿克里西俄斯由于害怕神谕,悄悄地逃亡外地,到了彼拉斯齐国王那儿。而珀耳修斯正前往阿耳戈斯想去拜见自己的外祖父,也途经这里。当地正在举行赛会,珀耳

修斯一时技痒也参加了。他掷出一块铁饼，不幸正好打中了外祖父。不久后，珀耳修斯就知道了他所误伤的人是谁。他深深哀痛死者，把他安葬在城外，并且放弃了对阿耳戈斯王国的继承权。

从此以后，命运之神再也不妒忌珀耳修斯了，安德洛墨达给他生了许多杰出的儿子，他们一直保持住父亲的荣誉。

代达罗斯和伊卡洛斯

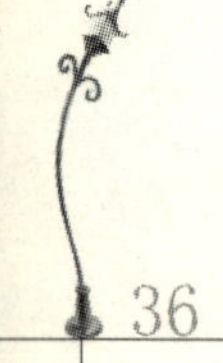

雅典的代达罗斯是建筑家、雕刻家和石雕工人，他是那个时代最杰出的能工巧匠。他超越了他之前所有的大师，谈到他的雕像，人们都说那是活的，有视觉，能走动。但是，代达罗斯的品德却并不与他的艺术造诣相称，他是一个自负而又心胸狭隘的人。

代达罗斯的外甥塔罗斯跟随他学习雕刻。这个学生的天分超过了老师，孩提时代，塔罗斯就发明了陶轮；根据蛇的颚骨的形状，他又发明了锯子。此外，他还有很多其他发明，这一切都是独立完成的，没有依靠老师的启发和帮助。代达罗斯看在眼里，害怕学生青出于蓝，嫉妒心便压倒了亲情和理智。他把塔罗斯骗到雅典的卫城上，从那里把他推了下去。

谋杀行为暴露之后，代达罗斯开始逃亡，最后他到了克里特岛。克里特的国王弥诺斯收容了他，把他视为伟大的艺术家和朋友。弥诺斯国王的王后不忠，与一头公牛生下了一个牛头人身的怪物，即弥诺陶洛斯。代达罗斯为国王造了一座无比复杂的迷宫，牛头怪弥诺陶洛斯就被关在这个迷宫的深处。而代达罗斯的故乡雅典，则每九年要向克里特国王进贡七对童男童女，作为弥诺陶洛斯的食物[①]。

尽管生活优裕，但长年漂泊在外，代达罗斯的思乡之情越来越浓。这时，弥诺斯国王却拒绝他离开克里特岛，对他封锁了一切海上和陆地上的道路。代达罗斯绞尽脑汁地寻找脱身之策，最后，他快乐地对自己说："弥诺斯王的权力再大，他也管不了天空。"

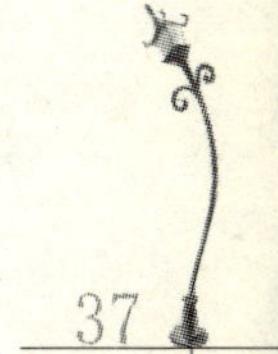

代达罗斯从自然中汲取灵感，他用麻线和蜂蜡把鸟的羽毛缝合黏结在一起，做成了一大一小两对翅膀。大的是自己用的，小的一副则是给他儿子伊卡洛斯的。

代达罗斯先给自己绑好双翼，他找准了平衡，果然像只鸟一样轻盈地飞翔起来。回到地面之后，他就开始教导儿子伊卡洛斯飞翔的方法。

"亲爱的孩子，要永远注意保持适当的高度，"他说，"如果你飞得太低，翅膀就会沾上海水，变湿变沉；如果你飞得太高，你的羽毛就会因为离太阳太近而被点燃。"一边说着，代达罗斯就把翅膀绑在儿子肩上。老人的手因为担忧而不停地抖动，眼泪滴在手上。他拥吻了孩子，这也是父亲给儿子的最后一吻。

父子二人升上了天空。父亲在前面引路，小心而灵巧地

① 参看忒修斯的故事。

扇动翅膀,好给儿子做示范。他频繁地回头,看儿子飞得怎么样。父亲的担忧好像是多余的,开始一切相当顺利,他们从浩瀚的海洋上空飞过，许多海岛和海岸在他们的下方一闪即逝。

这时,那男孩伊卡洛斯显然过于自信了。他竟然离开了父亲的航线,奋力扇动翅膀直冲高空。太阳立刻给了他可怕的惩罚,炽热的光融化了粘合翅膀的蜡,羽翼散成了无数羽毛洋洋洒洒地飘落,可怜的孩子徒劳地用手臂扑打,他还没有来得及向父亲呼救,就被碧蓝的海涛吞没了。

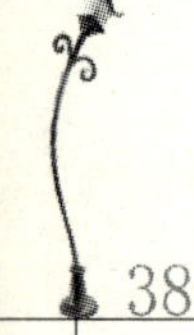

这一切发生得非常快,代达罗斯再次回头,天空中已经不见儿子的身影,只有片片羽毛还漂浮在水面上。他绝望地降落到最近的一个岛上,不一会儿,大浪就把孩子的尸体送到他面前。代达罗斯安葬了孩子,后来这个岛就以孩子的名字命名,叫作伊卡里亚。

坦塔罗斯

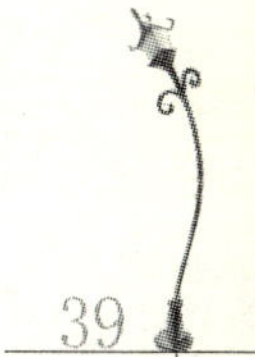

坦塔罗斯是宙斯之子，他统治着吕狄亚的西皮罗斯。坦塔罗斯的富有名闻遐迩,如果说奥林匹斯山上诸神也曾对一个人类表示过尊敬,那就是他。

由于他高贵的血统,他成了神的朋友,众神当着他谈论神之间的一切。但是,爱慕虚荣的人类灵魂,承受不了天上的幸福，坦塔罗斯开始采取各种各样的方法触犯诸神的尊严。他在凡人之间传播神祇的秘密，并从神的餐桌上盗取酒食，分给他人世间的朋友。

最后,为了验证神是否真的无所不知,他在自己家里宴请诸神,并杀死他的亲生儿子珀罗普斯,做成一道菜肴。诸神之中,只有司农业的女神得墨特耳因女儿珀耳塞福涅被掳到冥界而心神不宁,吃了一块肩胛骨。其余的神都觉察到这令人发指的罪行,他们把孩子碎裂的肢体投进一只盆里,片刻之后,一个完美如初的孩子从盆里复生,只有一根肩胛骨是用象牙做的,以顶替被吃掉了的那一块。

坦塔罗斯至此恶贯满盈，被诸神打入了地狱，遭受痛苦的折磨。

他站在一个湖泊中央，湖水刚好淹到他的嘴边，但是他一滴也喝不到。一旦他感到焦渴，需要喝水时，湖水就自动消失，露出干涸的湖底。

饥饿也煎熬着他。美丽的果树就在他身后的湖岸上茂盛地生长，树枝垂在他的头顶，把各种芬芳诱人的水果送到他的面前。但当他伸手想抓住它们，大风骤然而起，把树枝刮到云端。

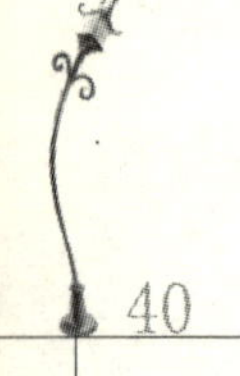

饥渴之外，死的阴影永远悬在他头顶。一块巨石随时都可能掉下来，砸在他身上。

敢于蔑视神明的凶残的坦塔罗斯，命中注定要在地狱里永受这三种苦刑。

珀罗普斯

坦塔罗斯获罪于诸神,他的儿子珀罗普斯却是神祇虔诚的信徒。父亲被打入地狱以后,他的国家遭到入侵,他只有背井离乡,流浪到了希腊。

这个年轻人已经在心里为自己选定了一个妻子,那就是厄利斯的国王俄诺玛俄斯的美丽女儿希波达弥亚。这条求婚的道路是艰险的,因为俄诺玛俄斯国王曾经得到过一个神谕:一旦女儿结婚,他这个做父亲的就到了生命的尽头。因此,他想尽一切办法阻止每一个求婚者。

老国王向全国宣告,要娶他的女儿为妻,就必须在赛车中胜过他,否则就得丧命。国王是这样制定比赛规则的:求婚者驾着四马的战车率先出发,他本人此时则要向宙斯献祭一只羔羊,献祭完毕后他才出发。如果那个求婚者被他追上,他就有权用长矛刺穿他。

希波达弥亚的美貌使她有许多倾慕者,他们并没有被这个条件吓退,相反,他们以为国王俄诺玛俄斯是一个衰弱的老人，自知没有能力与年轻人比赛，故意让求婚者先走，是为了给自己的失败找个台阶。

一个又一个求婚者被吸引到厄利斯来了。国王善待他们中的每一个，向他们提供漂亮的四马战车，让他们先行，自己却从容不迫地去向宙斯献祭，然后他才登上一辆轻车。为他驾车的骏马跑得比疾风还快，每一次他都很快追上了求婚者，就这样，已经有十二个求婚者死在残酷的国王矛下。

珀罗普斯在一个半岛——后来这里因他而被命名为伯罗奔尼撒半岛——登了陆，他听说了之前那些求婚者在厄利斯的遭遇。一天夜里，他来到海边呼唤海神波塞冬，手持三叉戟的海神从海浪里钻出来。聆听了他的祈求后，海神赐给他一辆金车，拉着它的，是四匹有翼的神马。

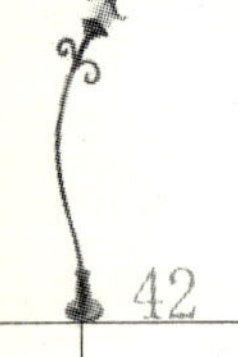

珀罗普斯纵身上车，直奔厄利斯。俄诺玛俄斯国王一眼就认出了，这个年轻人驾驭的是海神波塞冬的神车，但他对自己的马并没有丧失信心，所以仍然答应按往日的规则与这个外乡人比赛。

比赛开始了，国王驱策他如飞的骏马，虽然比过去用了更多的时间，但终于还是在终点之前逼近了珀罗普斯。他挥舞长矛，向勇敢的求婚者发出致命的一击。就在这千钧一发的关头，珀罗普斯的保护神波塞冬弄松了国王的车轮，迅猛的速度使车子整个散了架，俄诺玛俄斯国王坠地而死，与此同时，珀罗普斯的神车到达了终点。

这时，一道闪电击中了国王的宫殿，大火熊熊燃烧起来。

珀罗普斯回头看见了这样的景象，掉转车头冲进宫中，从火中救出他的未婚妻。

西绪福斯

西绪福斯是风神埃俄罗斯的儿子，也是最阴险狡诈的凡人。他是科林斯城的建造者和国王。

宙斯拐走河神阿索波斯的女儿埃癸娜，西绪福斯知道了宙斯藏匿女孩的地方，就透露给女孩的父亲。宙斯决意惩罚这个泄密者，便派死神塔那托斯去找他。结果死神反而被西绪福斯用计抓住，这之后人世间就没有人死亡了，直到强大的战神阿瑞斯把死神解救出来。

死神这才把西绪福斯带到冥府去，但西绪福斯事先已嘱咐了妻子，不要为他杀生祭奠。冥王哈得斯和冥后珀耳塞福涅认为他妻子破坏习俗，大为愤怒。西绪福斯于是向冥王提出，让他回到人间去敦促他的妻子。

冥王同意了，西绪福斯就这样溜出了冥府。当然他压根儿就没想到要回去，而是留在人间寻欢作乐。一次，他正坐在丰盛的筵席上，大肆吹嘘他怎样巧妙地欺骗了冥王时，死神塔那托斯再次出现，毫不容情地把他带到地狱。

这一次西绪福斯受到的惩罚，是要把一块沉重的花岗岩石从平地推到高山顶上。西绪福斯必须用尽全身之力，才能推动这块巨石，而每当他以为快到山顶时，石头却翻转过来，又滚到山脚下去。

西绪福斯不断地推动巨石，这个获罪于神的人，只有永不停歇地做这件徒劳的工作。

柏勒洛丰

西绪福斯的孙子柏勒洛丰因为过失杀人，流亡到了提任斯。这里的国王普洛托斯热情地接待他，并为他净罪。

柏勒洛丰英俊潇洒，国王普洛托斯的妻子安忒亚爱上了他，就用各种手段引诱这个青年。但柏勒洛丰是一个高尚的人，拒绝了她的求爱。安忒亚的情欲于是变成仇恨，她在丈夫面前反咬一口，说柏勒洛丰勾引自己，要丈夫杀了他洗雪羞辱。

国王信以为真，但是他对年轻的柏勒洛丰十分赏识，又不忍亲手置他于死地。他便派柏勒洛丰送信到自己的岳父，即吕喀亚国王伊俄巴忒斯那里。而这封密信的内容，其实是要国王把来者处死。

柏勒洛丰出发时并未有丝毫疑虑。他一路来到吕喀亚，见到了国王伊俄巴忒斯。伊俄巴忒斯国王是一位热情有礼的贤君，他见这位来客仪表不凡，举止高贵，断定他定非寻常之辈。于是没有问柏勒洛丰的来历，就设宴招待这位外乡的贵客，直到第十天，他才问起客人的身世和来意。

柏勒洛丰告诉他，自己从普洛托斯国王那里来，并呈上那封信。伊俄巴忒斯国王把信看罢，不由得陷入惊疑和犹豫之中。他很喜欢面前这位风度翩翩的客人，但是又相信女婿不会无缘无故地要处死他。最后，他也决定不自己动手，而是派年轻人去作必死无疑的冒险。

他先命令柏勒洛丰消灭危害吕喀亚的怪物喀迈拉。这怪物上半身像狮子，下半身像恶龙，中间像山羊，口喷烈火，力大无穷。天上的诸神都可怜这个无辜的年轻人，便派波塞冬和墨杜萨所生的一匹双翼飞马珀伽索斯[①]去援助他。

柏勒洛丰按照雅典娜女神给他的指点，用一头公牛祭祀了波塞冬，从来没有被人乘骑过的飞马果然立刻驯服了。然后柏勒洛丰跨马腾空而行，居高临下地放箭，射死了怪物喀迈拉。

之后，伊俄巴忒斯又先后派柏勒洛丰去攻打索吕默人和亚马逊人，在和这两个骁勇好战的民族的战争中，柏勒洛丰也安然无恙地得胜回来。伊俄巴忒斯见这些都难不倒柏勒洛丰，只有自己来完成女婿的所托。于是派出最精壮善战的汉子，在柏勒洛丰的凯旋途中设下埋伏。结果这些伏击者全部被柏勒洛丰消灭，无一生还。

事已至此，伊俄巴忒斯才明白这个年轻人根本不是罪

① 参看珀耳修斯的故事。

人，而是神的宠儿。老王收起杀心，反而把他接回宫中，和他分享王位，还把美丽的女儿菲罗诺厄嫁给他。柏勒洛丰和妻子生下两男一女，日子过得十分美满。

但柏勒洛丰的幸福，至此也就到了尽头。后来，他的儿女相继遭到不幸，他本人则因为拥有双翼飞马，而变得狂妄自大。他以凡人之身，却想参加奥林匹斯圣山上诸神的集会。神马突然变得不听指挥，在天空中直立起来，把柏勒洛丰摔到地上。

柏勒洛丰虽然没有丧命，但从此遭到神的抛弃。他又开始了他的漂泊生涯，羞于见人，在懊悔和忧愁中度过了余生。

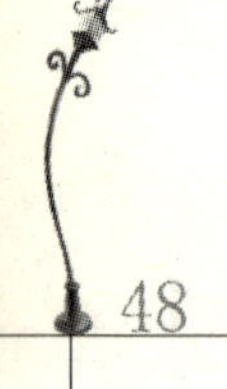

俄耳甫斯和欧律狄刻

俄耳甫斯是无与伦比的歌手。太阳神也是音乐之神阿波罗,曾送给俄耳甫斯一把七弦琴。俄耳甫斯一边弹琴,一边唱起他的缪斯母亲教他的动听的歌,这时天上的飞鸟,水里的游鱼,森林中的野兽,甚至树木和岩石,都赶来倾听这绝妙的旋律。

俄耳甫斯的妻子,是美丽可爱的水神欧律狄刻。他们的爱刻骨铭心,然而命运却不许这幸福长久。欧律狄刻在溪边草地上散步时,被一条毒蛇咬伤了脚后跟,于是香消玉殒。俄耳甫斯痛不欲生,他作出了一个前所未闻的决定:下到可怕的地府里去,请求冥王和冥后把欧律狄刻还给他。

他从泰纳隆的地府的入口走了下去,死人的影子飘浮在他周围,那气氛阴森恐怖极了,但是没有什么能阻止他坚定的脚步。他一直走到冥王哈得斯和冥后珀耳塞福涅的宝座前。在这里,他弹奏起七弦琴,用优美的歌声唱出自己的心愿:

爱情撕碎了我的心，
我不能没有欧律狄刻。
我不否认我也曾尝试忍耐，
但爱神征服了我。爱神
在人间尽人皆知，
我不知道她在这里是否也同样知名，
但人们传说你的王后是你抢来的[①]，
那么你与爱神也不是全无瓜葛。
我祈求你们，可怕的神圣的
统治亡魂的神！请你们把她，把我的爱妻，
还给我！还她自由，
让她过早凋零的生命重获青春！
如果命运拒绝我的请求，哦，
那就把我也归入亡魂的行列，
没有她我永远也不重返阳世。

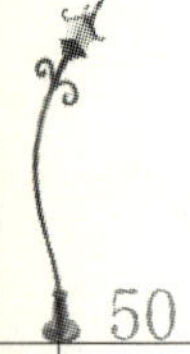

失去血肉之躯的亡魂听了他哀婉的歌声，都感动得放声痛哭起来。冥后珀耳塞福涅招呼欧律狄刻，欧律狄刻摇摇晃

① 珀耳塞福涅是宙斯和农神得墨特耳的女儿，冥王哈得斯爱上了她，把她抢入冥府。得墨特耳请求宙斯帮助自己要回女儿，宙斯答应帮忙，但前提是珀耳塞福涅还没有吃冥府的东西。由于珀耳塞福涅已经吃了冥府的石榴，她只有每年三分之一的时间留在冥府，其余时候回到母亲身边。从此她留在冥府的日子，就成了冬季。

晃地走来，因为脚伤还没有好。“你把她带走吧，”珀耳塞福涅说，“但你要记住，离开冥界之前，绝对不能回头看跟在身后的妻子。如果你过早地回过头，她就永远不属于你了。”

俄耳甫斯带着妻子，默默走上黑暗笼罩的归途。不停向上攀登的过程中，俄耳甫斯感到疑虑，他侧耳听了听，一片死亡的寂静，没有妻子的呼吸声，也没有裙裾曳地的声音。他被恐惧和爱情所压倒，再也抑制不住，急速回头看了一眼。

他看见了，欧律狄刻确实就跟在自己背后。妻子的双眼充满悲哀和柔情，死死地盯着他，但身子开始飘飘荡荡地下坠，回到无底的深渊。俄耳甫斯奋力伸出手臂想拉住她，但是人的手指无法握住空虚的灵魂。转眼间，她已经在他的视线中消失了。

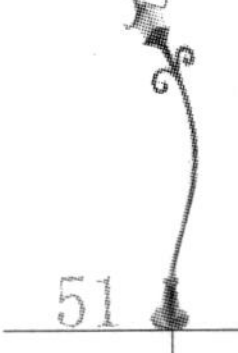

俄耳甫斯呆立了片刻，猛地又冲回黑暗的深渊。但这次冥河的艄公堵住了他，拒绝载他渡过黑色的冥河。于是这个可怜的歌手便不吃不喝，坐在河岸边不停地哭诉。但冥府的神绝不会第二次心软。

最后，俄耳甫斯只好无限懊悔和悲伤地返回人间。从此他离群索居，见到女人他就厌烦，因为他的欧律狄刻可爱的形象一直飘浮在他周围。他仍然会弹奏他的七弦琴，但唱出来的，永远都是催人泪下的歌。

的猪皮。他把猪皮、猪头和獠牙一起献给了阿塔兰忒。

这个举动大出猎人们的意料，他们不认为她配得上这份荣誉。墨勒阿革洛斯的几个舅舅表现得尤其激烈。“女人，放下手中的战利品。”他们冲阿塔兰忒挥舞着拳头说，“不然，不管是你的脸蛋，还是痴情的墨勒阿革洛斯，都救不了你！”说着他们就把猎物抢了过来。

这举动激怒了墨勒阿革洛斯，他咆哮道：“你们这些强盗！让我叫你们知道，我的行动胜过你们的威胁！”他挺起长矛，就像片刻前他刺倒野猪一样，把几个舅舅统统杀死了。

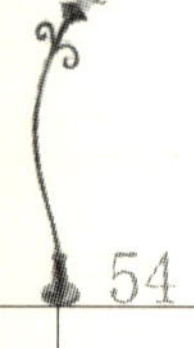

这时，墨勒阿革洛斯的母亲阿尔泰亚已经听说了儿子在围猎中优异的表现，她立即动身到神庙去感谢神祇。结果，她中途看见的却是两个兄弟的尸体被抬了回来。尤其令她觉得如同晴天霹雳的是，人们告诉她，凶手正是她的儿子墨勒阿革洛斯。

她思量着要替兄弟们报仇。她想起来，墨勒阿革洛斯刚刚出生的时候，命运三女神曾来到她的床前。预言她的儿子将是一个勇敢的英雄，一个杰出人物，但是更重要的是，三女神中的最后一个说：“炉子上那根木柴一旦被火烧完，你儿子的生命也就到了尽头。”

当时，阿尔泰亚连忙把那木柴从火中取出来，用水浇灭后秘藏起来。就这样很多年过去了，现在，复仇冲动让她重新想起这件事。

阿尔泰亚吩咐仆人生好炉子，她把那木柴拿在手中，眼

看突突乱蹿的火苗,内心里激烈地冲突着。她四次伸手,却又四次把手缩了回来。

最后,对弟弟的感情最终战胜了母爱。她回过头去,松开颤抖的手指。

墨勒阿革洛斯已经回到自己的房间，内心纠缠着胜利、恋情和犯罪的感受。突然,他感到体内好像有一团火燃烧起来,灼痛令他一下子倒在床上,他一边翻滚、挣扎着,一边呼叫他的兄弟,他的妹妹,他的年迈的父亲,当然还有母亲。他不知道他的母亲正呆呆的站在火炉旁,用木然的眼神看着渐渐化为灰烬的木柴。

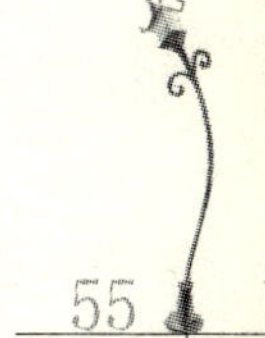

木柴被火焰完全吞噬，墨勒阿革洛斯的痛苦也消失了，他的灵魂已经离开了身体。他的葬礼上,他的父亲、姐妹和全卡吕冬的人都在悲悼失去了这位英雄。只有母亲没有参加这个葬礼,因为她已经自缢在余烬渐渐冷却的火炉旁了。

阿耳戈英雄远征记

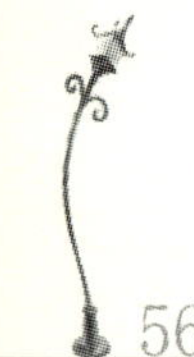

伊阿宋和珀利阿斯

伊阿宋是伊俄尔科斯王国的继承人,但是他的叔叔珀利阿斯篡夺了王位。由于被藏在喀戎那里,伊阿宋才幸免于难。喀戎是一个半人半马的怪人,曾培养出许多伟大的英雄。伊阿宋在他的培育下,也成长为一个杰出人物。

转眼二十年过去,伊阿宋偷偷地动身返回故乡伊俄尔科斯,准备从珀利阿斯手中收回王位继承权。路过一条宽阔的河流的时候,一位老妇向伊阿宋请求帮助,这正是天后赫拉,国王珀利阿斯的敌人。伊阿宋没有认出她来,但出于同情,他用双臂托着她涉水渡过河去。半道上,他的一只鞋陷在淤泥里了,但他还是继续往前走,来到了伊俄尔科斯。

伊阿宋这样英俊和魁伟,令伊俄尔科斯人无不感到惊奇,人们还以为是太阳神阿波罗或战神阿瑞斯降临他们中间了呢。这时,他的叔叔珀利阿斯正在城里的市场上向海神波塞冬献祭，他也把目光投向这个外乡人，他惊恐地发现这个人只有一只脚穿着鞋：早就有一道神谕警告他，要提防一个穿一只鞋的人。

祭神仪式一完，珀利阿斯就朝这个陌生人走去，强压着内心的震惊询问他的来历。伊阿宋坦然地道明身份，并要求拿回本来就属于自己的王位和王杖。

老谋深算的珀利阿斯并没有直接拒绝他，相反，他声称只要伊阿宋到科尔喀斯的埃厄忒斯国王那里去，把金羊毛取回来，他就将把王国拱手相让。

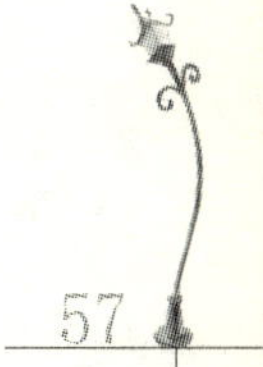

金羊毛是一只会飞的公羊的皮毛，埃厄忒斯将它视为无价之宝，特别命一条毒龙看守着。因为神谕宣示，失去金羊毛他也就会失去生命。全世界都传说着金羊毛的神奇，希腊早就有关于这件宝物的传说，许多英雄和王侯都对它垂涎三尺。

伊阿宋没有看出叔叔的用意是想通过这样的远征冒险置他于死地，相反，渴望建立功业的雄心使他乐意承担起这样的任务。希腊著名的英雄都被请来参加这次英勇的行动，其中甚至包括伟大的赫剌克勒斯。

希腊技术最高的造船工匠，在雅典娜的指导下用一种能抵御风浪腐蚀的木料，造了一艘五十桨的豪华大船，并按照造船师阿耳戈斯的名字命名为阿耳戈船。这是希腊人敢于用来航海的第一艘长船。

阿耳戈英雄们在楞诺斯岛

阿耳戈船到达的第一个岛屿是楞诺斯岛。一年前，因为男人们宠爱外乡的小妾，岛上的女人醋劲发作，把所有的男人全部杀死了。只有托阿斯国王的女儿许普西皮勒没有加害她的父亲，她把他装在一个箱子里投进大海，任凭海洋去决定他的命运。

从此以后，岛上的妇女无时无刻不在担心遭到报复，现在，当她们眼看着阿耳戈船划近时，她们全体便惊恐地跑出家门，像亚马逊女人一样手持武器冲向海岸。

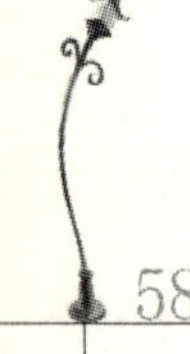

阿耳戈船的英雄们看到海岸上遍是全副武装的妇女，而不见一个男人，都感到十分惊奇。他们派出一个使者表示自己并非侵略者，并用谦卑恭顺的话提出在此泊船休整的请求。

年轻未婚的女王许普西皮勒于是把全体妇女召集到本城的集市广场上来。女王不想和英雄们冲突，但是也不想让英雄们知道岛上曾经发生过什么事情，因此她建议把希腊人所要的东西送到他们的船上去，而不让他们进城。

但是，她的老保姆却提出了另外一种意见，没有男人，这个岛就没有防御力量，也没有人干活，一旦坐吃山空，女人们就只有饿死了。所以老保姆建议："不要拒绝这送上门来的机会。把土地和财产交给这些高贵的外乡人，让他们来管理这美丽的城市吧！"

这番意见得到了所有女人的一致拥护。

得到女王友好的答复后，伊阿宋亲自进城去面见女王。他披上雅典娜女神送给他的紫色斗篷，好似一颗闪耀的明星。伊阿宋走进城门，妇女们便向他拥去，高声致意。最后，宫女们把他引进王宫，一直领到女王的居室。

伊阿宋在女王对面坐下，女王许普西皮勒目光低垂，脸泛桃花，羞怯地提出请伊阿宋接管这个城市。当然，她隐瞒了女人们杀害自己丈夫的事，她说这个岛上没有男人的原因是，他们宠爱特剌刻的小妾，迁到那些女人的国土上去了，而且带走了儿子和男仆。

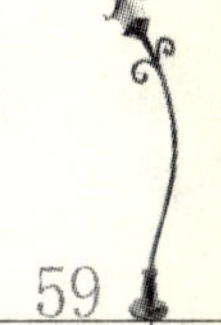

伊阿宋回答她说："女王，我们感谢你的雪中送炭的援助。我会把这个消息转告给我的同伴，但是王杖和岛国还是由你自己掌管吧！不是因为我看不上它，而是因为远方还有艰苦的战斗在等待着我。"伊阿宋把手递给女王握别，然后就回海边去了。

显然，阿耳戈船的英雄们很难抗拒这个诱惑。虽然并没有答应留下来接管岛屿，但是他们确实进城并住进女人们的家里，伊阿宋本人住在王宫里。只有赫剌克勒斯憎恶女人的生活，跟少数几个被选拔出来的伙伴留在船上。

城中日日笙歌燕舞，行期一天一天推迟。幸亏，赫剌克勒斯从船上跑来，背着那些女人把伙伴们召集起来。"你们这些可耻的家伙，"他呵斥他们说，"你们在自己的家乡缺少女人吗？你们是因为需要结婚才到这里来的吗？难道你们愿意在这里做一个农夫?难道我们什么都不用做,神就会为我们取来金羊毛放在我们的脚边?我们还是散伙回家吧,留下那个伊阿宋娶许普西皮勒为妻,住在这个岛生儿育女,去看别人创造英雄的伟绩吧!"

所有人都低下头不敢看这位威严的英雄,更没有一个人敢于反对他,他们立刻准备起航。女人们发现了英雄们的意图,她们像嗡嗡叫的蜂群,围着英雄们哭诉挽留,但是到底无法打动英雄们的铁石心肠。

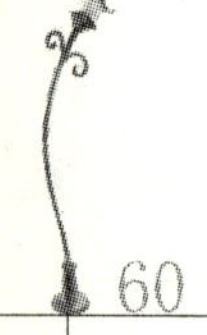

最后,许普西皮勒从人群中走出来,眼中噙着泪水握着伊阿宋的手,她说:"愿诸神赐给你和你的同伴金羊毛!如果你愿意回来,这个岛国和我父亲的王杖随时等待着你。但我心里很明白,你是不会回来的。那么,到了远方,至少还想念着我吧!"

赫剌克勒斯被留下了

挥别楞诺斯岛后,英雄们又经历了几番波折,在比堤尼亚的一个海湾登陆小憩。在这里,英雄们受到了当地人热情的接待。夜幕降临,篝火点燃,英雄们在绿树叶铺成的柔软的床上或坐或躺,享受着当地人提供的酒菜。

只有赫剌克勒斯没有参加同伴们的饮宴,他独自一人走到森林里去,想为明天早晨的航行做一把更好的桨。

很快他便找到了一棵合意的枞树,于是忙碌起来。同时,赫刺克勒斯年轻的伙伴许拉斯也起身离席，去泉边汲取饮水。许拉斯是个美貌的少年,他的影子倒映在泉水中的时候，泉中的水仙爱上了他,便伸出左臂抱住他,把他拉到水下去。

有人听到了这个少年的呼救声，但怎么也找不到他。赫刺克勒斯从林中归来后听说了这个消息，如闻晴天霹雳。热血在他胸中沸腾起来,他重重地把枞树枝摔在地下,然后就像一头被牛虻叮了的公牛,抛开牧人和牛群,只管自己撒腿狂奔。在一眼泉水边,他发现了许拉斯的水罐,但却人影不见,于是赫刺克勒斯站在那里发出悲愤的吼叫。

曙光出现的时候刮起了顺风,舵手劝说英雄们抓紧时间登船出发。船起锚了,在朦胧的晨光中航行了很远之后,英雄们才发现赫刺克勒斯不在船上。

这时,在英雄们之间发生一场激烈的争论,是继续前进,还是掉头去接那位最勇敢的朋友,两种意见相持不下。只有伊阿宋一言不发,静静地坐在那里。看见他这个样子,一个叫忒拉蒙的英雄——他是后来特洛伊战争中勇猛的大埃阿斯的父亲——却按捺不住胸中的怒火，他对伊阿宋高声叫道：“你是害怕赫刺克勒斯的本领和名声都胜过你，才有意想抛下他!即使同伴们都跟你意见一致,我一个人也要回去寻找被遗忘的朋友。”

他一边说,一边揪住舵手前胸的衣服,要他返回比堤尼亚的海湾。突然,海神格劳科斯从汹涌的浪涛中现出身形,他用强有力的手拉住船尾,喊道:“英雄们,你们吵什么?你们为什么非要带勇敢的赫剌克勒斯到埃厄忒斯的地方去呢?这是违背宙斯的意志的,命运已经为他安排了别的工作。一个多情的女仙抢走了他的许拉斯,他是出于对许拉斯的依恋才留下的。”

说完这番话后,格劳科斯又沉入海中,只在黑色的海面上留下一个巨大的漩涡。

忒拉蒙满面羞惭,他走到伊阿宋面前,握着他的手表示道歉,伊阿宋也愿意和解。于是英雄们又乘着强劲的顺风,继续航行。

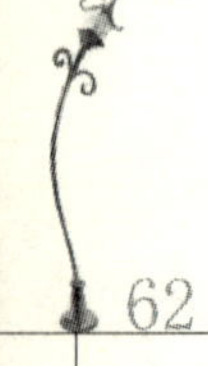

菲纽斯的预言

克服了许多险阻之后,阿耳戈英雄们在比堤尼亚的对岸下锚。他们惊奇的发现,在这里有一位老人,正在焦急的期盼自己的到来。

这老人便是英雄阿革诺耳的儿子菲纽斯国王。太阳神阿波罗曾赐给他预言家的本领,由于滥用了这恩赐,他晚年被罚双目失明,更糟糕的是,一种叫美人鸟的怪鸟不停搅扰着他,不让他安静地进餐。

美人鸟形如妖妇,飞得比迅疾的西风还快,它们使尽浑身解数抢劫菲纽斯的食物,弄不走的食物也要把它弄得污秽不堪。菲纽斯唯一的希望,是他得到一道宙斯的神谕:当希腊的船员到来时,他就可以安静地进食了。

出现在阿耳戈船员面前的老人早已饿得骨瘦如柴，看上去就像一个影子。好在，宙斯兑现了他预言，从此，菲纽斯可以安静地进餐了。

希腊的英雄们为老人准备下洁净而丰盛的食物。菲纽斯贪婪地吃着，为了表示感谢，他为英雄们预言了前途的艰险。

“首先，你们将遇到撞岩。两个陡峻的岩石岛屿，它们在海底没有根基，总是在大海上漂浮，彼此不断撞击到一起。你们的船要想不被挤压成粉末，你们就得把它划得像鸽子那么轻盈迅捷。

“撞岩之后，你们还将经历许多磨难，其中包括通向冥府的入口、亚马逊女人国和汗流浃背地挖掘铁矿石的卡吕柏斯人的领土。最后，你们将到达科尔喀斯海岸，在这里你们将看到埃厄忒斯国王的巍峨的堡垒，不眠的巨龙就在那里守护着悬挂在橡树高枝上的金羊毛。”

菲纽斯的预言使英雄们不禁感到战栗，但是他们仍然辞别老人，勇敢地去迎接新的冒险。航行中，他们忽然听到从远处传来一声震耳欲聋的巨响，原来可怕的撞岩已经就在前方不远处了。

一位年轻的英雄从船里站起来，放出一只鸽子。因为菲纽斯曾对他们预言，如果一只鸽子能从撞岩中间飞过而不感到畏缩，他们就可以继续前进。鸽子放飞了，大家都满怀希望地翘首观望。撞岩又相互靠近了，巨石间的海水沸腾激扬，咆哮声响彻海天。一声撞击的巨响，鸽子的尾羽被夹断了，幸好它还是飞过去了。

舵手提费斯大声呼叫着，鼓励摇桨的船员。这时撞岩又分开了，冲进岩石中间的浪涛产生一股巨大的吸力，把船吸向那里。死亡威胁着英雄们，当一股数丈高的巨浪朝他们滚来时，提费斯命令停止摇桨，冒着白沫的海浪把船举得高过正在合拢的岩石。这时提费斯一声令下，所有的桨都飞旋般地摇动起来。船体又在下落，两个浮岩从两侧向船腹撞来，就在这时，全船的保护女神雅典娜用她的巨力在冥冥之中推了一把，阿耳戈船终于穿过了撞岩，只是船尾有轻微的擦伤。

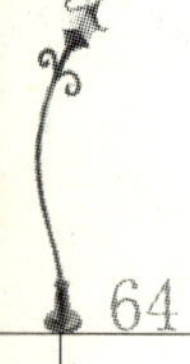

当开阔宁静的大海重新出现在面前时，英雄们都长舒了一口气，觉得仿佛从冥府归来一般。“我们不单单靠我们自己的力量，”提费斯高声说，“我清楚地感觉到，我身后有雅典娜的推动！”

阿耳戈英雄到达科尔喀斯

撞岩之后，菲纽斯所预言的凶险相继都出现了，而阿耳戈英雄们也一一克服了它们。在航行中，忠实的舵手提费斯不幸病逝，所幸，英雄们选择的新的舵手也一样出色。

经过阿瑞提亚岛的时候，英雄们救助了四个落难的年轻人，他们的坐船失事，流落于此。交谈之后，才发现他们恰是埃厄忒斯的外孙。阿耳戈英雄们坦率地告诉他们，自己的目标正是埃厄忒斯的金羊毛。听到这话，四个年轻人都显出惊恐的表情，其中一个叫阿耳戈斯的站起来说：“我们的外祖父埃厄忒斯是一个很残暴的人。他是太阳神的儿子，具有超人的力量。科尔喀斯的众多民族都在他的统治之下，而看守金羊毛的，是一头恐怖的巨龙。”

这话吓坏了几个英雄，但珀琉斯——他是特洛伊战争中无敌的阿喀琉斯的父亲——站起来说：“我们也是神的子孙，怎见得我们就不如那科尔喀斯国王？他要是不交出金羊毛，我们就毫不客气地把它抢走！”

次日清晨，埃厄忒斯的外孙换过装束，也跟英雄们一起上了船。几天后，阿耳戈船终于到达了目的地科尔喀斯，伊阿宋站在船舷上，迎风洒酒，祭奠了神祇和途中死难的英雄。之后，英雄们会议决定，由伊阿宋、埃厄忒斯的外孙和另外两个英雄一起去城中，试探埃厄忒斯的态度。

基本不出所料，听说了希腊人的来意后，埃厄忒斯充满了敌意，他严厉地训斥了自己的外孙，但该怎么样应对阿耳戈英雄们，他一时还拿不定主意，是直接翻脸，还是先试探一下对方的实力。最后，他决定选择较持重的第二种办法，于是他对伊阿宋说：

“外乡人，如果你们真是神祇的子孙，或者和我有同样尊贵的出身，你们就把金羊毛拿走吧。但是你们首先要完成一项工作，这项劳动一向是我自己完成的：在阿瑞斯的田野里有两头公牛，它们生着铜蹄，口中喷火，我就用他们来犁生地。然后，我往他们犁出来的垄沟里播撒龙牙。这种可怕的毒龙的牙齿种出来的是人，他们向我围攻，我就用长矛把他们一个个杀死。如果你能够在一天内完成这项工作，你就可以把金羊毛拿去。如果你不能，那天下没有勇敢者向无能者让步的道理!”

虽然并不知道该怎样完成这项工作，但伊阿宋还是决定应战，他镇定自若地答道:“这工作虽然极为艰巨，但我愿意经受它的考验，既然命运令我到这里来，我不怕为此而死。等待一个凡人的，最坏的也就莫过于死。”

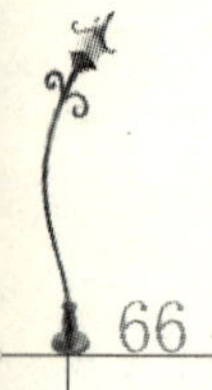

美狄亚爱上伊阿宋

埃厄忒斯国王会见伊阿宋的时候，整个前院立刻人声鼎沸，但没有人觉察到爱神厄洛斯降临。他从箭囊里抽出一支给人带来痛楚的箭，搭弓射中了国王的小女儿美狄亚。

美狄亚是赫卡忒神庙的女祭司，几乎所有时光都在神庙里度过，原是很少会出现在王宫中的，但是这天早上，阿耳戈英雄的保护神赫拉却使她渴望留在王宫里，于是，美狄亚与英雄们不期而遇。

小爱神的箭使美狄亚胸中像火焰一般燃烧。她不时偷偷地看一眼伊阿宋，这个青年是如此的英俊，足以令其他的一切都从她的脑海中消失。唯有一种甜蜜的痛苦占据了她的心灵。

美狄亚的脸色时而羞红，时而苍白。谈判结束了，伊阿宋和陪他来的两个英雄从座位上站起身来。与他们同来的埃厄忒斯的外孙——即美狄亚的姐姐卡尔喀俄珀的儿子——中只有阿耳戈斯跟着他们走，因为阿耳戈斯已经示意他的弟兄们继续留在国王身边。

少女美狄亚的目光透过面纱追随着逐渐远去的伊阿宋，但伊阿宋的背影终于消失了。当她又一个人坐在闺房里时，她竟失声痛哭起来。美狄亚知道伊阿宋不可能制服可怕的公牛，她努力想告诉自己，伊阿宋与自己并不相干，可是又不可抑制地担忧伊阿宋的命运。

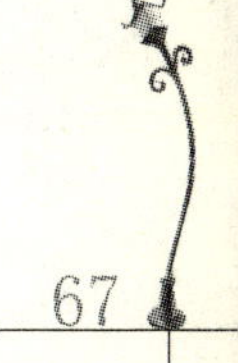

回到阿耳戈船的伊阿宋告诉了英雄们埃厄忒斯国王的要求，以及自己的承诺。该如何面对这个挑战，英雄们又发生了分歧，有人感到恐惧，有人则斗志昂扬。

这时，阿耳戈斯却提出一个建议："我认识一个少女，她善于使用魔法药水，她就是我母亲的妹妹。让我去说服我母亲，求她把那个姑娘争取过来帮助我们。"

他的话音刚落，一只鸽子飞来，钻进了伊阿宋的怀里，原来它是在躲避一只鹫鹰的追击。那只紧追不舍的猛禽突然掉到了船尾的甲板上。这时，有人想起菲纽斯的预言：女神阿弗洛狄忒将帮助他们返回故乡。

这个天上出现的预兆，使得几乎所有的英雄都赞成阿耳戈斯的建议，只有伊达斯不满地站起来说："天哪！难道我们到这里来是为了当女人的宠儿吗？不去求助阿瑞斯，却去请求阿佛洛狄忒，见到苍鹰和鸽子，就想逃避一场恶斗，好，那

就忘了战争，去欺骗柔弱的少女吧！”

这番话使许多英雄都改变了立场，但是伊阿宋还是决定采纳阿耳戈斯的建议。

美狄亚答应帮助阿耳戈英雄

阿耳戈斯回到王宫，立刻发现情况比预想的还要危急。埃厄忒斯已经召集科尔喀斯人开了一次大会，他宣布，等到他的公牛杀死那个应战者，他就将烧毁希腊人的船只，烧死那些船员，并对引来这次麻烦的阿耳戈斯兄弟四人，也给以可怕的惩罚。

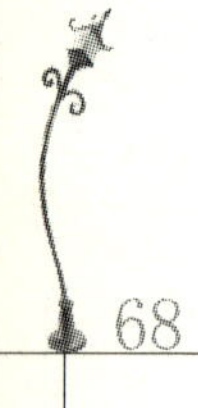

阿耳戈斯请求他母亲卡尔喀俄珀说服年轻的姨母出面帮助。这个请求正合卡尔喀俄珀的心意，她本来就十分同情这些外乡人，只是不敢公开反对父亲的权威而已。

这时，情思昏昏的美狄亚睡在床上，睡梦之中，她看见伊阿宋已经准备跟公牛搏斗，但锦标不是金羊毛，而正是她自己，他将把她作为妻子带回故乡去。在梦中，美狄亚又觉得是她亲自在搏斗中制伏了公牛，但她的父亲认为这个胜利无效，因为驾牛犁地的应该是伊阿宋而不是她。

为此，父亲和伊阿宋发生激烈的争执，双方都推她做仲裁人，她判外乡人得胜。这个决定让父母又惊讶又痛苦，他们大声喊叫起来，美狄亚也就惊醒了。

这个梦使得美狄亚痛哭起来。她想找姐姐卡尔喀俄珀倾诉,但由于羞怯,她四次已经走到姐姐房前,又四次退回来。最后,还是一个她的贴身侍女发现她在哭泣,很同情主人,就把这情况告知了卡尔喀俄珀。

卡尔喀俄珀急忙赶到美狄亚的房间，询问她为什么伤心。美狄亚满面绯红,羞得答不出话。最后还是爱情给了她勇气和急智,她说:“卡尔喀俄珀,我是为了你的几个儿子而难过,我担心父亲把他们连同那些外乡人一起杀害。”

做姐姐的听了这话十分恐惧,她说:“我到你这里来也正是为这件事。我恳求你和我们一起反对我们的父亲,如果你坐视不救,那么我和我的被杀害的儿子到了地府,也要像复仇女神一样绝不放过你!”说着她抱住美狄亚的双膝,把头伏在她的怀里。

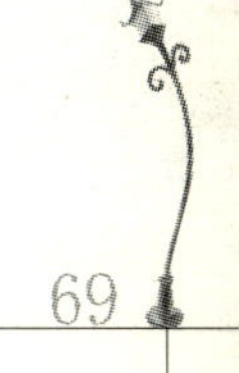

两姐妹都痛哭起来。随后美狄亚说:“姐姐,你提复仇女神干什么?我可以指着天地发誓,我将尽我所能去拯救你的几个儿子。”

“那么,”姐姐于是说道,“你就给那个外乡人一点魔药,让他在与公牛的搏斗中获胜吧!”

听到姐姐的要求竟正是要自己助伊阿宋一臂之力,美狄亚兴奋得心头鹿撞,一时竟觉得有些眩晕。她说道:“卡尔喀俄珀,如果我不把你的请求看成我最重要的事,就让我看不见明天的曙光。明天拂晓我就到赫卡忒神庙去,为外乡人去取那种能驯服公牛的魔药。”

卡尔喀俄珀带着这个可喜的消息离开妹妹的卧室。美狄亚躺在床上，整整一夜内心都在激烈地交战。“我的许诺是不是太多了？”她对自己说，“我凭什么为这个外乡人做这些事？”想到要把魔药给伊阿宋就得和他单独见面，美狄亚既兴奋又羞怯，而想到伊阿宋获胜后，自己也许唯有一死，她又感到害怕。紧接着她又想到，自己死后，恶毒的流言将传遍全科尔喀斯，说她为一个外乡人殉情，实在辱没门庭。这些流言蜚语的恐怖程度，甚至胜过死亡。

美狄亚把装着致命毒药的小匣放在膝盖上打开，她几乎想现在就尝上一尝。但是，这时她眼前浮现出生命中一切美好的记忆，一种对死的不可抗拒的恐惧让她把小匣放在地上了。伊阿宋的保护神赫拉改变了她的心绪。在曙光来临之前，美狄亚配制好她所许诺的魔药，动身前往赫卡忒神庙去了。

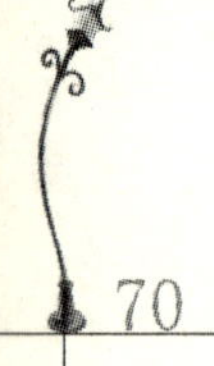

普罗米修斯之油

美狄亚扫净愁绪，把自己打扮得光艳照人，她蹑手蹑脚穿过门厅，吩咐侍女套好她的骡车。在侍女们为她的出行做准备时，美狄亚从她的小匣里拿出一种叫作普罗米修斯之油的油膏。

距离科尔喀斯不远的地方，就是高加索山，普罗米修斯正在那里接受永久的折磨（阿耳戈船英雄途经那里的时候，曾听到过这位泰坦之子的呻吟）。老鹰啄食着他的肝脏，渗滴出来的血液洒在高加索山坡上，为一种树根所吸收。普罗米修斯之油就是用这种树根的黑汁熬炼成的。不管是谁,身上涂了这种油膏,当天就能刀枪不入,水火不伤,并且所向无敌。

来到神庙之后,美狄亚知道自己接下来的行动不可能瞒过侍女们的耳目,就对她们说:“女友们,我姐姐和我姐姐的儿子阿耳戈斯要求我帮助外乡人的首领制伏公牛,把免受伤害的魔药送给他。我已经假装答应了,并约那个外乡人到神庙这里来单独见面, 但我送给他的实际上是一种致命的毒药。他一来,你们就远远躲开,免得他生疑,因为我已经许诺一个人见他。”

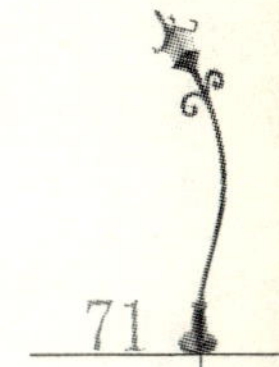

侍女们都躲到神庙里去时,美狄亚的目光充满渴望地注视着庙门外面的大道。伊阿宋终于出现,美狄亚突然觉得心都要跳出来了。

神庙里,伊阿宋和美狄亚四目相投,默默地站了好长时间。终于还是伊阿宋首先打破了沉默,他向美狄亚提出恳求,并用甜言蜜语来打动她。

美狄亚的心因他的赞美而无限喜悦,要是他向她提出要求,她连整个心都愿意给他,爱神正在把甜蜜的爱的火焰向她心中吹去。她说不出话来,只是解开了那条芬芳的包巾,伊阿宋赶快从她手中接过那个贮满普罗米修斯之油的小匣。

又过了好一阵子, 美狄亚才稍稍稳定了自己的心绪,教给伊阿宋这神奇的油膏的用法。

说完这些, 想到这位高贵的英雄取胜后就要航海远去,泪珠便悄悄地从美狄亚美丽的面颊上流下来。忧伤使她忘了身份，她竟抓着他的右手："你回家以后，不要忘了我的名字，我也会想着你。假如你忘了我，哦，但愿风能把一只鸟从你的家乡送到这里来，我会通过它让你想起我的！啊，我真想亲自到你家里提醒你记起我呀！"说着，她哭出声来。

"哦，让风去吹，让鸟去飞吧。"伊阿宋答道，"你说哪儿去了！如果你能来到希腊，来到我的故乡，哦，你会像女神一样受到那里的人们的尊崇。因为是你使他们的儿子、兄弟和丈夫免遭杀害，返回故乡。而你是属于我的，我们的爱情将直到地老天荒。"

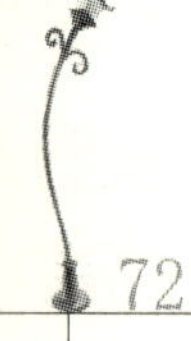

听到伊阿宋这番话，美狄亚高兴得神魂飘荡。尽管想到要离开祖国令她感到忧伤，但还是有一种奇异的力量推动她向往希腊，因为赫拉已经给了她这种渴望。

伊阿宋满足埃厄忒斯的要求

这天夜里，伊阿宋按照美狄亚的吩咐沐浴，献祭地狱女神赫卡忒。

女神听到他的祈祷，从地下的洞府中走出来，那情景是十分恐怖的。女神头顶缠绕着丑恶的龙，龙嘴里都衔着直冒火焰的橡树枝，蜂拥在她四周的是地府的恶犬。她的到来，使得田野颤抖，河水悲号，连伊阿宋回船时，听到背后的嘈杂和犬吠，也觉得毛骨悚然，但他完全遵守着美狄亚的要求，决不回头，直到又回到同伴们中间。这时，朝霞已映红了高加索山的雪峰。

伊阿宋按照他情人的指导，用魔油涂抹了身体，以及他的剑、矛和盾。他立刻感到四肢增添了奇异的力量，仿佛可以和神祇匹敌。同伴们围着他，用自己的武器跟他的矛较量，结果甚至没有人能使他的矛稍稍弯曲。见到这个情景，一直反对向美狄亚求援的伊达斯很生气，他举起剑来，猛地向枪柄砍去，结果他的剑就像铁锤落在铁砧上一样被弹开。英雄们看到了胜利的希望，都热烈地欢呼起来。

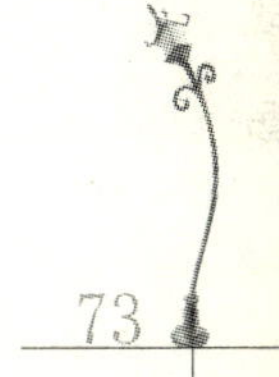

英雄们将船驶往阿瑞斯田野。国王埃厄忒斯和大批科尔喀斯人等待在这里，国王坐在河岸上，他的臣民则散布在高加索山坡上，他们都在等待着看外乡人送命的活剧。

在众人瞩目之下，伊阿宋接过一顶装满尖锐的龙牙的战盔。他全副武装，看上去就像阿瑞斯或阿波罗一样的威武庄严。驾牛的铁轭已经放在地上，旁边有犁和铧，伊阿宋看了看这些农具，就开始寻找公牛的蹄印。但这时被关在地洞里的牛突然钻出来，从另一侧向他猛冲。伊阿宋的朋友们见到巨大的怪物都惊骇得脸色惨白，但伊阿宋十分镇定，他用盾牌护住身体，迎接公牛的冲击。就像岩石在海浪的冲击下岿然不动一样，公牛尖锐的犄角也没能令他后退半步。比起冲击的巨力，更可怕的是公牛喷出的烈火，炽热的火光像耀眼的闪电射向这位英雄，但是，美狄亚的魔药保护了伊阿宋。

最后，伊阿宋终于抓住一头公牛的角，使尽全力把它拖到铁轭旁边。他把它踢倒，让它跪在地上，紧接着第二只也如法炮制。然后，他丢开他那巨大的盾牌，双手探入火焰之中死死按住被摔倒的牛。这时，连埃厄忒斯也禁不住惊叹伊阿宋的神力。

伊阿宋飞快地将牛套好，然后抓起装满龙齿的战盔，并用他的矛驱赶着公牛。公牛仍然暴怒而且喷射着火焰，但是也不能不按照伊阿宋的指挥拉犁向前。土地犁得很深，巨大坚硬的土块碎成粉末，伊阿宋就把龙齿撒在垄沟里。同时他十分警惕往后顾盼，提防着这些龙齿已经长成巨人向他追击。

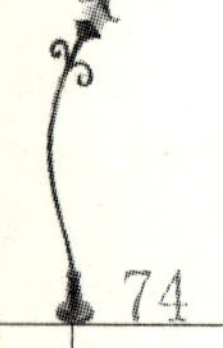

日头刚过正午，整整四亩土地已经全部犁完了，巨人却还没有长出来。伊阿宋于是卸下犁具，回到船上去。已经被他收拾怕了的公牛则乘机落荒而逃。

同伴们围着他欢呼，伊阿宋却什么也没有说，只是用战盔舀了河水，大口喝了下去。他知道，挑战还没有结束。果然，整片田野都长出了巨人，阿瑞斯原野上顷刻到处都是盾牌、长矛和战盔的闪光。伊阿宋想起美狄亚的话，他拾起一块巨大的圆石，把它远远地抛到那些巨人中间。这样的巨石是四个强壮的人也举不起来的，围观的科尔喀斯人发出一片惊呼。

为了争夺这块圆石，地里生长出来的武士们像猛犬一样相互撕咬搏杀起来。伊阿宋藏身在自己的盾牌后边，密切注视着他们相互残杀的情形。武士们一个又一个的倒下，伊阿宋觉得时机已经合适，于是拔出宝剑，跳进去如同砍瓜切菜一般斩杀。垄沟被鲜血注满，终于，最后一个武士也像从地里冒出来一样，深深地沉到土里去了。

目睹眼前的一切，国王埃厄忒斯不禁震怒了，他一言不发地转身回城。而伊阿宋则被环绕在同伴们的欢呼声中，天色已晚，他也已筋疲力尽。

美狄亚夺得金羊毛

国王埃厄忒斯很清楚，没有他女儿的协助，伊阿宋是不可能做到白天所做到的一切的。所以他连夜把长老们召集到王宫里，商讨对付阿耳戈英雄们的下一步计划。

美狄亚也很清楚，父亲肯定发觉了自己的行为。她心中充满恐惧，觉得自己就像一头密林中的小鹿，而周围到处都在听到猎犬的狂吠声。

泪水从她眼中夺眶而出，如果不是命运女神的阻拦，她就会用毒药来结束她的痛苦。但转瞬间她又振作起精神，决心逃走。美狄亚剪下一绺头发放在床上，给母亲留作纪念。随后她就像一名越狱的囚犯一样，逃离了她可爱的家。

宫门深锁，但是美狄亚默默地念起咒语，大门就自动敞开。她光着脚奔跑，不一会儿就到了城外。因为她平日里经常要采集草根调制魔法药水，所以她对田野里许多罕为人知的道路了如指掌。很快，希腊人的船就出现在她眼前。

她高声呼叫她姐姐的小儿子佛戎提斯的名字。佛戎提斯和伊阿宋都听出了她的声音，于是，他们下船来见她。

“救救我吧，”美狄亚抱住她外甥的腿喊道，“赶快从我父亲手中救救我和你们自己吧！他已经知道了一切！我会使那条龙沉睡，你们可以把金羊毛拿到手，然后我们就赶紧乘船逃走。但是你，哦，外乡人啊，你要在你的朋友们面前对神发誓，你不会欺负我这个流落异国他乡的孤女！”

伊阿宋温柔地扶起她，拥抱着她说：“亲爱的，宙斯和赫拉，这婚姻的保护神作证，一旦回到希腊，我就把你作为我的合法妻子带到我家里去！”

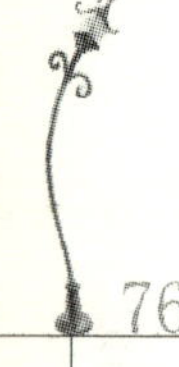

于是众英雄连夜把船划到圣林去窃取金羊毛。船一泊岸，伊阿宋和美狄亚就奔向圣林。金羊毛高悬在高大的橡树上，透过夜色闪闪发光，这是不难找到的。但危险的是，不眠的毒龙瞪着锐利的眼睛监视着周围一切，很快，它发现了这两个步步走近的人。它立刻向伊阿宋和美狄亚蜿蜒着游过来，探出的信子发出可怕的咝咝声。

美狄亚毫不畏惧地迎上去，用甜美的祈祷获得了众神中最强大的睡神的帮助，她又吁请冥府的神后为她降福。毒龙迷迷糊糊地有了睡意，美狄亚又用一个杜松的枝条醮着药水向龙的眼睛里洒去，这充满魔法的药水的芳香终于使毒龙合上了它的血盆大口，它的整个身躯伸展在长林中。

伊阿宋按照美狄亚的吩咐从橡树上拉下金羊毛，然后，二人匆匆离开了浓荫匝地的圣林。金羊毛捧在伊阿宋手中，照亮了他英俊的前额和金发，也照亮了他们暗夜的归途。

拂晓时分，他们回到了船上。英雄们立刻返航，为了防备埃厄忒斯的追击，一半人摇桨，另一半人手持着巨大的牛皮盾牌严密戒备。

阿耳戈英雄们和美狄亚一起逃跑

此时的埃厄忒斯正在大发雷霆，他举起双手，吁请宙斯和太阳神证明希腊人的恶行，然后他向他的臣民宣布：如果不能把希腊人和他的女儿捉回来，他们就全要被砍头。科尔喀斯人被吓坏了，他们立刻把船推到海里。在国王的儿子阿布绪耳托斯的指挥下，这些船只就好像遮天蔽日的无数鸟群一样。

无疑，科尔喀斯人更熟悉地形，而且他们的船轻，行驶得比阿耳戈船快，所以他们抢先赶到依斯忒耳河口，把这里封锁起来。

阿耳戈英雄们本来准备从这里入海，现在一看前无去路，就上岸占领了河中的一个岛，一场恶战一触即发。

希腊人害怕人数众多的科尔喀斯人，于是提出谈判。谈判的结果是：阿耳戈英雄们可以带走金羊毛，因为埃厄忒斯国王许诺过，这是伊阿宋工作完成后应得的，但是美狄亚却要交给科尔喀斯人。

美狄亚听到这样的条件，又恐惧又愤怒，简直有了焚毁一切的冲动。她把伊阿宋拉到没人的地方，指责他背信弃义。最后她说："假使你抛弃了我，总有一天你会在陷入深重的痛苦时想起我，金羊毛也会像梦影一样消失！那时我的复仇的灵魂将把你赶出你的祖国，就像我被你的欺骗诱拐出我的祖国一样！"

伊阿宋犹豫不决了，他的良心受到了谴责。他抚慰美狄亚说，协议只是缓兵之计。现在重要的是，要想一个办法抓住阿布绪耳托斯，一旦首领死了，科尔喀斯人也就作鸟兽散了。

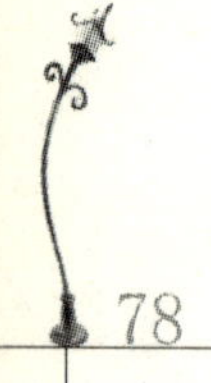

美狄亚听完，即刻说道："我没有退路，我只能在罪恶的泥潭里往前走。我愿意设计把我兄弟骗来，这时你就可以把他杀死——我不会反对的。"

于是，希腊人送给阿布绪耳托斯许多礼物，其中包括伊阿宋的前一位情人，楞诺斯的女王赠给他的一件华丽的紫袍。美狄亚告诉科尔喀斯的使者们，自己在这里并非心甘情愿，而是被姐姐的儿子们绑架交给外乡人的。她让他们转告阿布绪耳托斯，深夜时到另一个岛上的阿耳忒弥斯神庙里来，她将设计让他夺回金羊毛，然后把它带回去献给他们的父亲埃厄忒斯。

一切都在美狄亚的计划之内。阿布绪耳托斯上当了，夜里到神庙里与姐姐会面。他并非没有戒备的心理，但是孩子再谨慎，也不可能淌过深阔的激流。姐弟俩正在交谈，伊阿宋突然从阴暗处闪出，寒光闪烁的宝剑一下子把阿布绪耳托斯砍翻在地，就好像宰杀一只献祭的羔羊一样。美狄亚退到一旁,同时蒙上了面纱,好不看见兄弟被杀的惨象,但弟弟的血还是溅到她的衣裾上。

美狄亚举起火把,这是与阿耳戈英雄们事先约定的信号。英雄们立即杀向阿布绪耳托斯的随从,就好像老鹰扑向鸽子一样。伊阿宋洗去手上、脸上的血污,把尸体埋葬之后,想去援助他的同伴,但已经没有必要了,这个岛上科尔喀斯人已经全部倒在血泊之中。

失去指挥者的封锁线不可能还有敏捷的反应,英雄们驾着阿耳戈船疾风般冲出河口驶向大海。

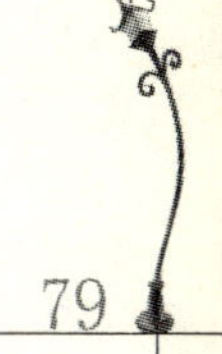

伊阿宋的结局

经历了千难万险,伊阿宋终于带着金羊毛回到了伊俄尔科斯。但是他仍然没有得到叔父珀利阿斯应许的王位,他和美狄亚设计害死了珀利阿斯,但继承王国的却是珀利阿斯的儿子阿卡斯托斯。伊阿宋只好与他年轻的妻子逃到科林斯去了。

在这里,他和美狄亚居住了十年,美狄亚为他生了三个儿子。这些年里,伊阿宋是十分敬爱她,这不仅仅是因为她的美貌,更因为她杰出得可怕的心智。

但是美狄亚年老色衰之后,伊阿宋终究不免心猿意马。他爱上了科林斯国王克瑞翁的女儿格劳刻,他背着妻子向这个少女求婚,克瑞翁应许了这门婚事。婚期已经迫在眉睫,伊阿宋才找到美狄亚说明情况，劝她自动解除婚约。他又向她发誓说，他并不是因为喜新厌旧，而是为了孩子着想，才力求与高贵的王室攀亲。

美狄亚愤慨之极，她愤怒地呼唤神明，要他们作证伊阿宋曾有过怎样的誓言。但伊阿宋已经不顾一切，决意要娶国王的女儿为妻。美狄亚绝望了。她想起了被自己抛弃的父亲，想起了被杀害的兄弟，感到自己所犯下的罪恶，理应受到惩罚。“但是，惩罚我的不应是我的丈夫，”她高声说，“我是为了他才犯了罪的呀！正义女神啊，请你毁灭他和他年轻的恶毒女人吧！”

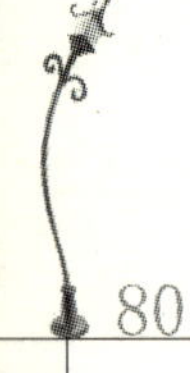

这时，伊阿宋的新岳父克瑞翁来找到她。美狄亚怨毒的眼光让老人感到害怕，他也知道美狄亚是一个有魔力的女人，所以不敢留她在自己的国土上。他要求美狄亚带着她的儿子离开科林斯。

美狄亚无法说服老人让自己留下，便转而请求暂缓一天离境，好让她找一条出路，为儿子们选择一个避难所。

“我不是一个狠心的人，”国王说，“过去，由于不恰当的宽容，我做了不少愚蠢的让步。现在我也觉得我这样做并不明智，但还是照你说的办吧，小女子！”

获准了一天时间之后，美狄亚的心就变得更加狂暴了。她最后一次试探了伊阿宋的态度，但伊阿宋已经变得铁石心肠，他答应给她相当多的黄金，写信给朋友请求收容她和孩子们。美狄亚鄙夷地拒绝了这一切。“走吧，去结你的婚吧，”

美狄亚说，“你将举行一次使你痛苦不堪的婚礼！”

伊阿宋离开后，美狄亚对自己说出最后那句话有点后悔，因为这很可能引起伊阿宋的提防。一条毒计已经在她的脑海中成形，美狄亚又找来伊阿宋，这次她装出一副可怜和通情达理深明大义的样子，对伊阿宋新婚的动机做了最善意的解释，然后请求和解。

伊阿宋信以为真，简直喜出望外。美狄亚又吩咐从她的储藏室里取出几件珍贵的金袍，让伊阿宋送给国王的女儿作为新婚礼物。这过分的体谅和善意使伊阿宋考虑了好一阵子，但他到底还是同意了。

伊阿宋把美狄亚的礼物交给年轻的公主格劳刻。这长袍和金花冠是如此的华美，她一看见就被它们夺目的光彩所吸引。格劳刻急不可待地披上那件金袍，把金花冠戴在头上，在明亮的镜子前面满意地欣赏自己。

但不一会儿，她变得脸色煞白，站立不稳，摔倒在地上。原来，这些衣服都是用剧毒的汁液浸泡过的。那顶有魔力的花冠突然燃烧起来，毒药和火焰吞噬着她的身体。

于是宫殿里发出一片哭叫声，等到老国王悲号着赶到时，看见的已经是女儿扭曲的尸体。绝望中，老人扑在她身上，致人死命的长袍上的毒汁立刻也吞噬了他，他也很快死了。

伊阿宋目睹这一切，立刻奔回去，要找美狄亚复仇。他还不知道，这恐怖的一幕既是美狄亚给她丈夫，也是给她自己

致命的一击。

夜色降临时，美狄亚奔向她的儿子们睡觉的房间。“我的心啊，你也应该武装起来，”半路上她对自己说，“这事情很可怕，但是是必须做的，你为什么犹豫不决呢？不幸的人啊，忘记他们是你的孩子吧，忘记是你生了他们吧！以后再用你整个一生悲悼这一刻的遗忘！你现在要做的对他们而言是一件好事。假如你不杀了他们，他们也要死在敌人手里。”

伊阿宋赶来了，要寻找杀死年轻的未婚妻的凶手，但他听到的竟是孩子们的惨叫声。屋门洞开，他走进去，发现他的儿子都躺在地上死去了，但不见美狄亚的踪影。他踉跄着退出屋外，听到头顶的空中发出隆隆的响声。

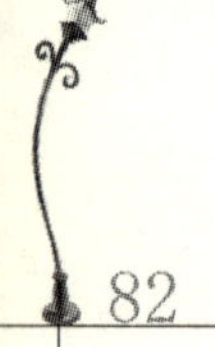

抬头望去，伊阿宋看见那个可怕的凶手正坐在一辆龙车上腾空而去，这是她用魔法召来的。伊阿宋知道自己已经失去了一切，而灵魂深处，他又回忆起对阿布绪耳托斯的罪恶的谋杀。于是他便横剑自刎，倒在他住房的门槛上。

赫剌克勒斯的传说

赫剌克勒斯的出生和教育

宙斯爱上了帕尔修斯的孙女阿尔克墨涅，与她生了一个儿子，也就是赫剌克勒斯。宙斯预言，这个孩子将有远大的前程。

阿尔克墨涅很清楚，宙斯嫉妒的妻子赫拉不会放过这个孩子，所以生下赫剌克勒斯后，她不敢抚养。阿尔克墨涅人间的丈夫是安菲特律翁，他是提任斯的国王，但寄居在忒拜。阿尔克墨涅没有把孩子留在忒拜城里，而把他放置到田野之中。

但是命运之神不会放弃这位伟大的英雄。他的敌人赫拉在雅典娜的陪伴下路过这里，雅典娜发现了这个可爱的孩子，并劝赫拉抚育他。赫拉也被这孩子的美丽外貌所打动，就把他抱在胸前，让他吸吮万神之母的乳汁。可是，饥饿的孩子吸吮得太急切，并且具有一种这样大的孩子不可能拥有的力量，赫拉被弄疼了，她气愤地把孩子扔到地上，奶汁喷出来，变成了天上的银河。而赫剌克勒斯虽然在赫拉那里仅仅得到了几滴乳汁，这已足以让他成为不死之身。

雅典娜无限怜悯地把孩子又抱了起来，把他带到忒拜，请阿尔克墨涅抚养这个可怜的弃婴。阿尔克墨涅一眼就认出了这正是自己的孩子，大喜过望地把他放入摇篮。

这时赫拉醒悟过来，发觉自己哺乳的正是情敌的儿子。对情敌嫉恨，和对自己粗心的懊悔，令她马上派两条可怕的蛇去咬死这个婴儿。蛇爬过阿尔克墨涅卧室，钻进摇篮里，缠住孩子的脖子。母亲和女仆们正在熟睡中，不可能阻止这件事。赫剌克勒斯被惊醒，这古怪的项链让他哭喊起来。这时他第一次展示了他超人的力量，他两只手各抓住一条蛇的颈子，用力只一捏，就掐死了它们。

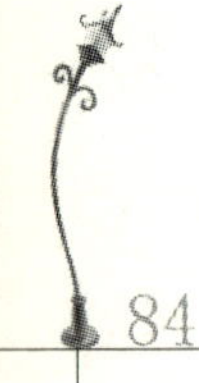

这时阿尔克墨涅和女仆被孩子的哭声惊醒，眼前的景象让她们惊叫起来。赫剌克勒斯人间的父亲安菲特律翁拿着剑赶来，看到和听到发生的事情，他对这个新生儿的神力又高兴又惊奇。

安菲特律翁爱这个孩子，把他看做是宙斯给予的礼物，他决定把孩子培养成一个英雄。他聚集了各路英雄，请他们传授赫剌克勒斯各种各样的知识和本领：包括驾驶战车，弯弓射箭，摔跤术与拳击术，歌唱和演奏乐器以及拼写文字。

赫剌克勒斯勤奋好学，但是不能忍受折磨，而传授他文字的利诺斯，恰恰是个脾气暴躁的老师。有一次，老师冤枉了赫剌克勒斯，并狠狠责打他。赫剌克勒斯于是抓起一把齐特尔琴掷向老师的脑袋，老师立刻摔倒在地死去。

这之后，赫剌克勒斯虽然未被判处死刑(因为他的行为属于自卫)，但是安菲特律翁害怕他不能控制自己的神力，再犯类似的错误，把他送到乡下去。赫剌克勒斯在这里长大，由于英俊强壮的体貌，和无人能比的投掷铁饼和标枪的技术而名闻遐迩。当他十八岁时，已经成为希腊最漂亮的男人和最强壮的战士，现在该是看他如何运用他的天赋的时候了。

赫剌克勒斯在十字路口

一天，赫剌克勒斯独处在荒野中，沉思着应该选择怎样的人生道路。这时，两个高大的女人向他走来。这两个女人都十分美丽，只是一个高贵端庄，穿着素雅，而另一个则妖冶窈窕，顾盼自怜。

那个妖冶的女人抢先跑近赫剌克勒斯，用娇媚的声音跟他说："赫剌克勒斯，你愿不愿意选我做你的朋友？我可以让你过上舒适和安逸的生活。一切身体和精神上的重负都会远离你，相反，你可以不劳而获，因为我赋予我的朋友所有这样的权利。"

听到这样的诱惑，赫剌克勒斯诧异地问道："哦，女人，你叫什么名字？"

"我的朋友叫我幸福，" 她回答，"不过我的敌人侮辱我，

把我叫做‘堕落的享受’。”

这时另一个女人也走到近前。“我来了，”她说，“亲爱的赫剌克勒斯，你的出身、秉赋和教养给了我希望。我指给你一条道路，你将成为在一切正义和伟大事业中的卓越人物。但我不会给你享乐来使你懈怠。要知道，不经过劳动和奋斗，神祇是不会让人有所收获的。如果你希望神的眷顾，你必须敬神；如果你希望朋友爱你，你必须给他们帮助。要一个城邦对你敬重，你必须为国奉献；要赢得全希腊的赞美，你必须成为希腊的恩人。”

“你看，亲爱的赫剌克勒斯，”“享受”打断了她的话，“这个女人带你走的是一条多么艰辛漫长的路，为什么不选择唾手可得的幸福呢？”

“可怜哟，”象征着美德的女人反驳说，“你哪里知道什么是幸福呢？没有经历过饥饿和焦渴，你只有变态的追求佳肴和美酒。你妄想六月飞雪，没有一张床让你觉得舒适，你和你的朋友们穷奢极欲，日夜颠倒，结果少壮不努力，老大徒伤悲。你诚然注定是不死的，但你却被神祇放逐，被善良人鄙视。你永远听不到最动听的声音：发自内心的赞美；你永远看不到最悦目的事物：自己热爱的工作。”

两个女人都消失了，她们都是幻象。赫剌克勒斯又是独自一人，他决定选择“美德”的路。

做好事的机会很快就来了。那时的希腊还是蛮荒之地，到处是森林和沼泽，凶猛的狮子、粗暴的野猪和其他许多害

人的野兽在其间出没。古代英雄最大的目标就是消灭它们，而这也正是赫剌克勒斯的工作。

在喀泰戎山脚下，他的养父安菲特律翁的羊群遭到一只可怕的狮子的蹂躏。年轻的英雄武装好自己，上山杀死了狮子，扒下了它的皮披在身上，并用它的巨颚制作了一顶战盔。随后，他又率领忒拜人反抗弥倪安斯的国王厄尔奎诺斯的压迫。正义的战争取得了胜利，但是，赫剌克勒斯的养父安菲特律翁却在战斗中牺牲了。

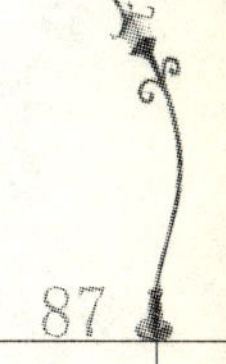

整个希腊都赞美赫剌克勒斯的勇敢。忒拜的国王克瑞翁招赫剌克勒斯为婿，他的女儿墨伽拉后来为赫剌克勒斯生了三个儿子。神祇也给了赫剌克勒斯许多礼物，他获赠赫耳墨斯的剑，阿波罗的神矢，赫淮斯托斯的黄金箭袋，还有雅典娜的青铜盾牌。

赫剌克勒斯帮助天神

赫剌克勒斯很快证明，他配得上神们的高贵的礼物。

宙斯是取代克罗诺斯的统治而成为万神之王的。从此，克罗诺斯和他的兄弟姐妹即泰坦们都被宙斯囚禁在塔尔塔罗斯地狱中。现在，泰坦的弟弟们决定报复。这些面目狰狞，须发戟张，并有生满鳞片的龙尾和足的巨人，从地下冲出来，准备向奥林匹斯山发起攻击。看见他们巨大的身影，天上的星星变得暗淡无光，阿波罗也掉转他的太阳车的方向。

“去吧，为我和那些年长的神祇的子孙们报仇，”地母该亚对他们说，“普罗米修斯被鹰啄食，提堤俄斯被大雕撕扯，阿特拉斯必须背负天空，泰坦们在囚禁中。去吧，报仇吧，去拯救他们！带着我的身体，用山当做天梯和武器，登上那光辉照耀的神殿！”

同时，神祇们也聚集在一起，不管他们本来是在天上、陆地还是海洋。甚至，冥王哈得斯也令他的马车克服对光的恐惧，来到光芒四射的奥林匹斯山。就好像面临攻击时，居民们从四面八方赶来保卫卫城一样。众神齐集在万神之父的家中。

“你们看到，地母同她的孩子们是如何阴谋反对我们。”宙斯说，“她有多少个儿子过来，我们就还她多少具尸体！”

当万神之父说完这话，一道霹雳从天而降，而地母则用猛烈的地震回击他。大自然陷入了混乱，仿佛回到了天地开辟时一样。巨人们将一座座的山连根拔起，叠在一起，构成一道笨重的天梯。他们就由此往神祇们的居所爬去，并把点燃的树木和巨大的岩石块暴风雨般向奥林匹斯山掷去。

众神曾被神谕告知，除非有一个人类同他们并肩作战，否则天神们消灭不了这些巨人。该亚也知道这个消息，因此她想找到一种可以让她的儿子们不被人类伤害的药物。这种草药是确实存在的，但宙斯抢先一步，他令长夜不消，日月无光，当该亚在昏暗中摸索的时候，他亲自飞快地割掉了药草。同时，雅典娜已经把赫剌克勒斯召唤到奥林匹斯山，准备参加战斗。

奥林匹斯山上,众神与巨人展开大战。战神阿瑞斯的战车直冲到敌群之中,他击倒了蛇足巨人珀罗洛斯,然后驱车碾过那扭曲的身躯。但这个巨人仍未咽气,直到他看到刚登上奥林匹斯山最后一级台阶的赫剌克勒斯,才灵魂出窍而死。

赫剌克勒斯环顾战场,用箭射死了堤福俄斯。他从山巅跌落,但一触到大地,又马上复活了。按照雅典娜的指导,赫剌克勒斯也跟着下山,把堤福俄斯高高举起。离开了孕育他的大地,堤福俄斯也就死去了。

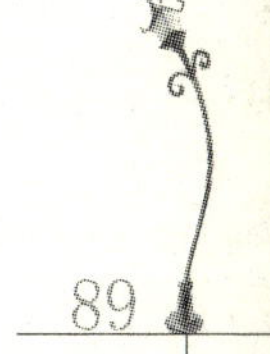

现在,巨人波耳费里翁双战赫剌克勒斯和赫拉。宙斯让他产生了一个念头,要看一看这个万神之母的面孔。他只顾凶猛地拽下赫拉的面纱,却没有防住宙斯的雷电。赫剌克勒斯补上一箭,结果了他的性命。

接着巨人厄菲阿耳忒斯从他们的行列中挺身而出,他双目炯炯,精光四射。“这是多明显的目标啊!”赫剌克勒斯大笑着说。他和站在他身边的阿波罗双箭齐发,一个射中巨人的右眼,一个则射中左眼。

众神稳稳占据了上风。巨人们四散奔逃。雅典娜举起西西里岛掷出,打翻了正在逃跑的恩刻拉多斯。巨人波吕玻忒斯逃到科斯岛,追击他的海神波塞冬将这个岛屿撕下一块,将他压住。赫耳墨斯戴着哈得斯的战盔,拥有了隐身的能力,杀死了希波吕托斯。命运女神们则用铜棒击毙了另外两个巨

人。其余的巨人，则都倒在宙斯的闪电或赫剌克勒斯的利箭之下。

这一战之后，众神对这个半神人心存好感。宙斯封所有参战的神为奥林匹斯神。只有两个宙斯人间的儿子也获得了这个称号，就是酒神狄奥尼索斯和赫剌克勒斯。

十二件大功绩

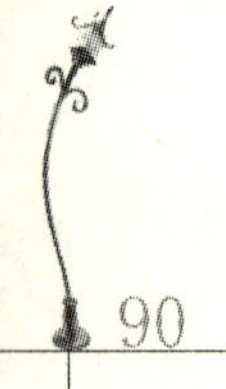

赫剌克勒斯尚未出世的时候，宙斯曾当着众神宣布，珀耳修斯最年长的重孙，将成为这个家族的统治者。当然，宙斯这样安排，是属意于他和阿尔克墨涅的儿子赫剌克勒斯的。但赫拉不想让她情敌的儿子获此殊荣，便让帕耳修斯的另一个重孙欧律斯透斯提前出生。因此，欧律斯透斯成为了阿耳戈斯地区的密刻奈的国王，而赫剌克勒斯则成了他的子民。

欧律斯透斯国王嫉妒这个本家兄弟的能力和荣誉，便刻意像对待奴仆一样使唤他。赫剌克勒斯不愿服从，但宙斯和神谕都命令他为欧律斯透斯效力，必须完成欧律斯透斯要他做的十件工作，然后赫剌克勒斯才可成为天上的神。

赫剌克勒斯的尊严使他不愿意服从卑鄙的人，但是他又不能违背父亲和神谕，于是陷入矛盾之中。赫拉利用这一点，使他陷入狂暴和幻觉。他甚至想要杀害他一向最钟爱的侄儿伊俄拉俄斯，这次谋杀失败后，他又以为还在与巨人作战，于是乱箭连发，但射死的却是妻子墨伽拉为他生的儿子。

很久以后，他终于清醒过来。巨大的不幸反而使他醒悟到忍辱负重的道理，他来到了欧律斯透斯国王的领地提任斯，决定接受他的工作。

国王交给他的第一件工作是要他取得涅墨亚森林的狮子的毛皮。这只凶猛的巨狮非任何人间的武器所能伤害。有些人说它是巨人堤丰和巨蛇厄喀德那之子，还有人说它是从月亮上掉下来的。

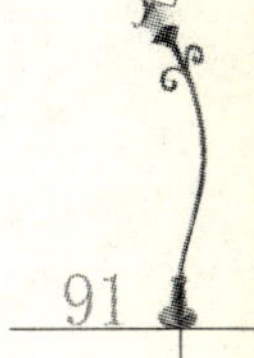

一整天的搜索之后，赫剌克勒斯终于和狮子相遇了。赫剌克勒斯连发三箭，全部命中。但这只是激怒了这只猛兽而不能伤到它，巨狮向赫剌克勒斯猛扑过来，神勇的英雄扔掉手中的箭和背上的兽皮，挥动木棒击中了狮子的脖子。狮子开始喘息，赫剌克勒斯反扑过去，用手臂勒紧它的咽喉，直到它窒息而死。

但是，要把狮皮剥下来，简直比杀死这猛兽还要困难。尝试过各种利刃无效后，赫剌克勒斯终于想到，可以使用狮子自己的利爪来剥。这一次他成功了，后来他将这张狮子皮做成盾牌，而用它的上下颚给自己做了一顶新的头盔。

当国王欧律斯透斯看到他带着这可怕的动物的皮归来时被吓坏了。他躲进一口锅里，不敢和赫剌克勒斯会面，而是通过别人把命令传达给这位英雄。

赫剌克勒斯的第二件工作是杀死许德拉，许德拉是一条

硕大无朋的九头蛇，其中八颗头可以杀死，但中间的那一颗是杀不死的。这一次，和赫剌克勒斯一起面对挑战的，是他的侄子伊俄拉俄斯。

他们在阿密摩涅河的源头发现了许德拉的洞穴，赫剌克勒斯用火箭把它从洞中逼出来。许德拉摇摆着九条颀长的脖子，从四面八方向赫剌克勒斯发起攻击。赫剌克勒斯挥舞木棍打它的头，但是打掉了一颗，马上就又长出两颗头来。

这时，伊俄拉俄斯点燃了附近的树林，火焰的烧灼，使巨蛇刚刚生出来的头不能长大。终于，赫剌克勒斯把许德拉不死的那颗头砍下了。他把它埋在路边，并以巨石镇压。许德拉的躯干则被斩为两截，赫剌克勒斯把他的箭镞浸在巨蛇有毒的血液中，从此，他的毒箭是无可救药的。

欧律斯透斯派的第三件任务，是要赫剌克勒斯生擒刻律涅亚山的赤牝鹿。这是一只非常漂亮和敏捷的动物，是狩猎女神阿耳忒弥斯最初练习射箭时的五只鹿之一。

赫剌克勒斯辛苦地追逐了它整整一年，终于在拉冬河畔抓住了它。归途中，他遇到了阿耳忒弥斯和她的哥哥太阳神阿波罗，他们责备赫剌克勒斯要杀死她神圣的祭品，并想把赤牝鹿夺回。赫剌克勒斯辩护说："伟大的女神，这样做并非我的本意，否则怎样才能完成欧律斯透斯的任务呢？"

女神了解这是不可抗拒的命运，于是平息了愤怒，放他

带着赤牝鹿离去。

紧接着开始的第四件任务，是活捉厄律曼托斯山的野猪。这只野猪也是献祭给阿耳忒弥斯的，一直以来，它祸害着厄律曼托斯一带。对赫剌克勒斯来说，这并不是一个艰巨的任务，他把野猪从茂密的灌木丛中赶出来，一直跟着它爬进雪山，最后用绳索套住了它。

值得一提的，倒是这次赫剌克勒斯途中的经历。他遇到了一个叫福罗斯的马人，福罗斯对赫剌克勒斯十分友好，尽管他自己吃生肉，却烤肉给客人吃，并为赫剌克勒斯打开了一坛密封一百二十年的美酒。早在一百二十年前，酒神狄奥尼索斯就预言，这坛酒该由赫剌克勒斯享用。

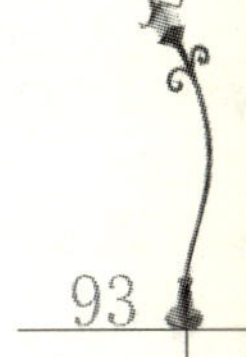

酒坛刚刚打开，附近所有的马人循着陈年葡萄酒的香味赶来，阻止赫剌克勒斯饮用这酒。赫剌克勒斯打退了他们，混战中，他并没有发现马人中还包括自己童年的朋友喀戎在内。直到他一箭射伤了他，赫剌克勒斯才认出了这位旧友。

由于箭上有许德拉的毒血，所以喀戎的伤无药可治。赫剌克勒斯追悔莫及，他发誓要不惜任何代价寻求死神的赦免。后来，喀戎到高加索山上替代了普罗米修斯，在折磨中获得永生。

赫剌克勒斯回到福罗斯的洞穴中时，发现他已经死了。因为福罗斯从一个马人的尸体起出一支箭来，放在手中掂量，想不通这小小的箭矢怎么可能致如此庞大的生物于死地。一不小心，毒箭从他的手中滑落，刺伤了他的脚，他立即毒发毙命。

赫剌克勒斯十分悲哀，为福罗斯举行了隆重的葬礼。福罗斯埋骨的大山，后来就被称为福罗山。

国王欧律斯透斯所派的第五件工作，却让赫剌克勒斯感到为难。这次他并非要对付什么凶禽怪兽，而是要在一天内，把奥革阿斯的牛棚打扫干净。

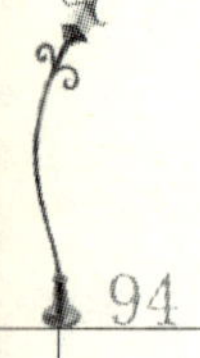

奥革阿斯是厄利斯的国王，他拥有三千头牛，按照古代的传统，他把这些牛圈养在宫殿前的牛棚里。牛棚从未打扫，牛粪自然也就堆积如山。

赫剌克勒斯没有跟奥革阿斯提及自己是为人所派遣，只说是自愿完成清扫牛棚的工作。奥革阿斯许诺，如果赫剌克勒斯能够在一天内把牛粪打扫干净，就赠送给他牛群的十分之一。当然，奥革阿斯相信这只是空头人情，因为这项艰巨的工作是不可能如此快完成的。

大出奥革阿斯国王意料的是，赫剌克勒斯没有开始挖粪，而是在牛棚的一边挖了条沟，引来阿尔甫斯河和珀涅俄斯河的河水。湍急的水流把牛粪冲掉，又从另一个出口流走。就这样，赫剌克勒斯完成了任务，没有降低自己的身份去做污秽的事。

奥革阿斯反悔了，他拒付酬金，并且否认他曾许下的诺言。于是只好让法官来裁决此事。法庭上，奥革阿斯的儿子费

琉斯为赫剌克勒斯作证，戳穿了父亲的无赖行径。奥革阿斯大怒，把儿子和赫剌克勒斯一起赶走。

由于赫剌克勒斯从这次工作中获得了报酬，欧律斯透斯宣布他不能算数，他马上派赫剌克勒斯去进行第六次冒险，赶走斯廷法罗斯湖的怪鸟。这是一群像鹤一样大的食肉鸟，翅膀、喙和利爪都是铁的，羽毛可以像箭一样射出，尖锐的喙甚至可以啄穿青铜盾。它们栖息在斯廷法罗斯湖一带，伤害了许多人畜。

赫剌克勒斯很快到达了目的地，但站在巨木环绕的湖畔，却感到束手无措，不知该如何对付如此庞大的鸟群。这时雅典娜出现了，她给他两面巨大的铜钹。赫剌克勒斯到附近的一座小山上，大力敲击铜钹。怪鸟们忍受不了这种震耳欲聋的声音，纷纷飞出树林。赫剌克勒斯连珠箭发，将它们从空中射下来。剩下的怪鸟也逃离这个地方，再也不敢回来了。

克里特的国王弥诺斯得罪了海神波塞冬。波塞冬从海底派出一头公牛并使它发疯，把克里特岛搅得天翻地覆。

赫剌克勒斯的第七件工作就是驯服这头公牛。他把这海里来的疯牛收拾得服服帖帖，并把它带到欧律斯透斯那里。但欧律斯透斯看过这头牛后，就把它给放了。没有了赫剌克勒斯的控制，公牛疯病重新发作，一直到很久以后，雅

典的英雄忒修斯才又驯服了它。

狄俄墨得斯是战神阿瑞斯的儿子，他是好战的比斯托涅斯人的国王。他的牝马强壮凶暴如同野兽，只有用铁链锁在铜马槽上才能把它们锁住。它们吃的也不是燕麦，而是不幸的外乡人。狄俄墨得斯把他们扔到马槽里当作饲料。

赫剌克勒斯的第八件工作，就是要将这些牝马带回到密刻奈。赫剌克勒斯来到这个城堡，首先抓住凶残的国王狄俄墨得斯，把他扔进马槽里。牝马们饱餐国王的肉之后，变得驯服了，乖乖听从赫剌克勒斯的鞭策。

当然，比斯托涅斯人不会让他从容离去，赫剌克勒斯不得不回身与他们战斗。这时他把这些牝马交给他的最好的朋友和追随者阿布得洛斯看守。但在赫剌克勒斯作战的时候，牝马又饥饿起来。所以等这位英雄战胜回来，他发现他的朋友已经被野性大发的牝马撕咬得不成模样。

赫剌克勒斯强忍悲痛，再次驯服牝马，平安地把它们带给欧律斯透斯。后者则把这些马献给了赫拉，这些牝马在希腊蕃息后代，据说，后来马其顿的亚历山大大帝的一匹坐骑，就是它们的子孙。

之后，赫剌克勒斯参加了阿耳戈船的冒险，但是中途被抛下。长久的漂泊后，他归来完成第九件工作：取得亚马逊人的女王希波吕忒的腰带，带给欧律斯透斯的女儿阿特梅塔。

蓬托斯的忒耳摩冬河畔，亚马逊人建立的女人国。她们买卖男人，只养育女儿，并且像男人一样地去作战。希波吕忒女王的腰带，是战神亲自送她的，作为荣誉的证明。

这次工作本来是很顺利的。到达了亚马逊城后，女王被赫剌克勒斯的美貌所吸引，答应把腰带给他。但是赫拉再一次为赫剌克勒斯制造了麻烦，她变成一个亚马逊人的样子，混在人群中，散播谣言，说这个男人要拐走她们的国王。立刻，所有的亚马逊人都骑上马赶到城外，攻击赫剌克勒斯。

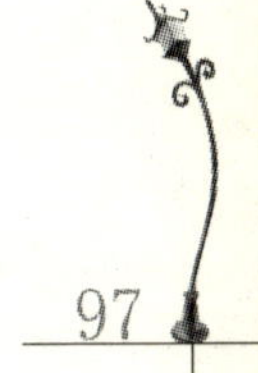

激战中，赫剌克勒斯连续击败了十一个最英勇的亚马逊女战士，当从来未逢对手的墨拉尼珀也被捉住后，再没有人敢向这位英雄挑战。女王希波吕忒把腰带交了出来，本来没有战争她也会这样做的。

当赫剌克勒斯把希波吕忒女王的腰带交给欧律斯透斯时，他得到的不是休息，而是新的工作：把巨人革律翁的漂亮的棕红色的公牛带来。

这是一次艰巨的远征。赫剌克勒斯之前的冒险，没有哪一次能和这次相比，但是赫剌克勒斯毫不畏惧。他在克里特岛上组建了军队（这里的人感激他为他们除去了发疯的公牛），率领他们首先到达了利比亚。

在这里，赫剌克勒斯击败了巨人安泰。安泰也是地母该亚的儿子，只要一接触他的大地母亲，安泰就力大无穷。但在奥林匹斯山有过与巨人作战经验的赫剌克勒斯，用强壮的手臂将他举起来,在空中把他扼死。接着,赫剌克勒斯肃清了利比亚地方的食人兽。

经过长时间的跋涉,赫剌克勒斯越过了大西洋和沙漠。途中,由于难耐骄阳的煎熬,赫剌克勒斯弯弓搭箭瞄准天空,想把太阳神射下来。阿波罗为他的勇气所震惊,借给他一只金碗。这只碗是太阳神用以夜间旅行的,赫剌克勒斯在这只碗里渡海到了伊柏里亚。

伊柏里亚国王克律萨俄耳是革律翁的父亲,他的另外三个儿子各率一支庞大的军队,在这里阻击赫剌克勒斯。但赫剌克勒斯没有指挥部下两军混战,而单挑对方的统帅,结果轻易取得了胜利。

终于,赫剌克勒斯到达了厄律提亚岛,革律翁和他的牧群就在这里。赫剌克勒斯杀死了看守牛群的两头狗和巨人,然后与革律翁作战。革律翁长得无比的巨大,有三个身躯,三个脑袋,六条胳膊和六只脚,以前还从没有一个人类能够与他对抗。而且,这次天后赫拉现身亲自帮助巨人。赫剌克勒斯第一箭射中女神的胸部,这位万神之母惊恐地逃走。而他的第二箭射中巨人三个身体结合的地方,这正是他的致命处,于是杀死了他。

这已经是赫剌克勒斯完成的第十项伟业,但之前的工作有两次欧律斯透斯不承认,所以这位英雄不得不再迎接两次挑战。

很久以前，为着宙斯和赫拉的婚礼，所有的神都献上礼物，就连地母该亚也赠送了一棵长满金苹果的树，这是她从海洋西岸带来的。从此，夜神的四个女儿被委派看守栽种金苹果树的圣花园，而永远不眠的百头巨龙拉冬，也是金苹果树的守卫。

欧律斯透斯的新命令，就是让赫剌克勒斯摘圣花园的金苹果。几经波折之后，赫剌克勒斯从河神涅柔斯那里打听到圣花园的具体方位，便从利比亚向埃及进发。

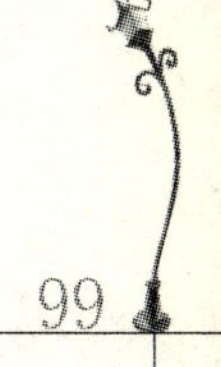

波塞冬之子部西里斯统治着埃及。他从一个外乡来的先知那里获知一个残酷的神谕：如果每年杀死一个异乡人献祭宙斯，可使贫瘠的土地变得丰饶。部西里斯便把这个先知本人做了第一个祭品。这个残酷的人越来越喜好上这个祭礼，结果是所有到埃及的外乡人无一幸免。所以，赫剌克勒斯也被抓来拖到宙斯祭坛前。这位神勇的大力士挣断绳索，把部西里斯、他的儿子和祭司全部杀死。

赫剌克勒斯继续前进，在高加索山，他解放了普罗米修斯。作为回报，普罗米修斯指点给他获得金苹果的办法。赫剌克勒斯终于到达了阿特拉斯背负苍天的地方，这里距金苹果树已近在咫尺。根据普罗米修斯的建议，赫剌克勒斯让阿特拉斯替自己去抢金苹果，他则暂时代替阿特拉斯把天空负在肩上。

阿特拉斯给巨龙催眠，然后杀死了它，接着他骗过了夜神的女儿，摘下了三只金苹果。但是这时他享受着自由行动的乐趣，所以他把苹果扔到赫剌克勒斯脚下，说道："我的肩膀从来没有如此轻松，我不愿再扛着它了。"

赫剌克勒斯对阿特拉斯说："得让我往头上垫些棉花，不然我的脑袋会被天空压碎的。"阿特拉斯认为这个要求是合理的，就又接过了重负。他认为这只是暂时的，但是这个骗子也上当了，赫剌克勒斯没有往头上垫什么棉花，而是从草地上捡起金苹果就永远离开了这里。

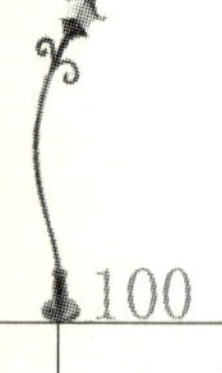

欧律斯透斯以为赫剌克勒斯会在这次冒险中丧命，没想到他却活着回来了。于是欧律斯透斯没敢接受金苹果，赫剌克勒斯便把它们献给雅典娜。女神知道这些圣果只能存放于夜神的女儿的花园，就把它们送了回去。

欧律斯透斯已经只剩最后一次指派伟大英雄的机会了。他一直没能毁灭他所憎恨的同宗兄弟，反而使他获得更大的光荣。这一次，狡诈的国王开出最恐怖的难题：与地府的黑暗力量搏斗，把冥王哈得斯的看门狗刻耳柏洛斯从地府里带出来。这只怪物有三个头，每只大口都流着有毒的唾液，身后拖着一条龙尾，全身长毛都是可怕的毒蛇。

赫剌克勒斯找到地府的入口，在灵魂的陪伴者赫耳墨斯引导下，下到幽深的冥土。在这里，他看到了无数凄惨的阴魂，他们在哈得斯城门前静默徘徊，一看到活人就慌忙逃走。意外的是，赫剌克勒斯也与许多老朋友重逢。

首先，是墨勒阿革洛斯。赫剌克勒斯同墨勒阿革洛斯

的灵魂友好地交谈，并答应他向他在人间的亲爱的姐姐问候[①]。

快到哈得斯大门的时候，他又看到了雅典的国王忒修斯，和他的好朋友庇里托俄斯。庇里托俄斯到地府向冥后珀耳塞福涅求婚，忒修斯陪他一同到此。这样胆大妄为的结果是，两个人都被锁在一块大石头上。一见赫剌克勒斯时，他们都伸出求助的手，期望可以依靠这位半神人的力量，重新见到上面世界的阳光。赫剌克勒斯解开了忒修斯的锁链，但当他要释放庇里托俄斯时，地面剧烈震动，他失败了[②]。

终于，赫剌克勒斯与冥王哈得斯迎面相逢了。英雄一箭射穿了冥王肩膀，让这个神像凡人一般感受到濒于死亡的疼痛。所以他答应交出看门狗，但要求赫剌克勒斯制伏这只狗时不能使用武器。

于是赫剌克勒斯赤手空拳地去与这只怪物搏斗，但是他有胸甲和涅墨亚狮皮保护着自己。三头狗刻耳柏洛斯被制服，于是他举起它，离开地府，回到人间。

刻耳柏洛斯害怕地上的阳光，大口大口的毒涎流到地上，于是长出了有毒的乌头树。当欧律斯透斯看到这个怪物出现在面前时，他感到绝望，不再妄想除掉他所恨的宙斯的儿子了。于是他恢复了赫剌克勒斯的自由，并让他把恶狗带

---

① 参看墨勒阿革洛斯的故事。

② 参看忒修斯的故事。

回到地府。

赫刺克勒斯和欧律托斯

赫刺克勒斯终于从欧律斯透斯的工作中解脱出来，他回到忒拜，但是他的妻子墨伽拉无法忘记他在失去理智时杀死了自己的孩子，所以他们已经不可能继续生活在一起了。赫刺克勒斯遵从她的意愿，把她嫁给了伊俄拉俄斯。

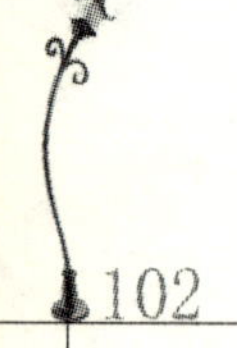

现在，英雄要为自己寻找一个新的妻子。他爱上漂亮的伊俄勒，她是俄卡利亚国王欧律托斯的女儿。欧律托斯是赫刺克勒斯童年时代的箭术老师，这位老国王许诺，谁在射箭比赛中战胜他和他的儿子们，就可以得到他的女儿。赫刺克勒斯混在一大群求婚者里，在竞赛中，他证明了自己已经青出于蓝，胜过了所有的人。

老欧律托斯认出了昔日的弟子，他把他当作尊贵的客人，内心却充满了忧虑。墨伽拉的遭遇，使得老人害怕自己的女儿遭到同样的命运。

欧律托斯的长子伊菲托斯与赫刺克勒斯同年，他钦佩这位英雄，与他成为亲密的朋友。但是他也不能令父亲对赫刺克勒斯产生好感。最后赫刺克勒斯失望地离开了欧律托斯的王宫。

这时，有一个强盗偷了国王的牛群。这事本来与赫刺克勒斯无关，但是恼怒的国王却说："除了赫刺克勒斯没有人敢做这件事。因为我没有答应把女儿嫁给这个杀死自己孩子的人,他就这样卑鄙地报复我!”

伊菲托斯为他的朋友辩护,并去找到赫剌克勒斯,请求他一起去把失窃的牛找回来。赫剌克勒斯也表示义不容辞。但是正当他们爬上提任斯的城墙时,赫拉再一次使赫剌克勒斯失去了理智。疯病发作中,他把伊菲托斯认作他父亲的同谋,这个忠诚的朋友被他从城头扔了下去。

赫剌克勒斯为翁法勒服役

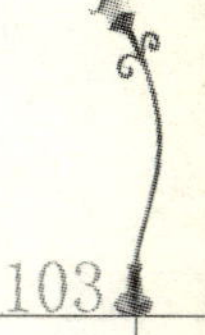

错杀伊菲托斯后,赫剌克勒斯感到罪孽深重。为了净罪,他在一个个国家间往来奔走。最后神谕指点他说,如果他卖身为奴三年,把所得的钱交给死者的父亲,就能赎罪。

赫剌克勒斯与几个朋友航海到亚细亚,把自己卖给迈俄尼亚的女王翁法勒做奴隶。卖得的钱被送到欧律托斯手里,老人拒绝这些钱,钱又转送给伊菲托斯的孩子们。

虽然身为奴隶,但赫剌克勒斯继续造福人类。他在他的主人境内做了很多英勇的行为,翁法勒感到惊奇,怀疑这个奴隶是一个著名的英雄。当她得知赫剌克勒斯的真实身份之后,就还给他自由,并嫁给了他。

从此,赫剌克勒斯在这里享受着东方式的奢华,忘记了青年时代在十字路口时,美德女神对他的教诲。他因放纵欲望而变得懦弱,他的妻子翁法勒也以羞辱他为乐。她有易装的嗜好，自己披着赫剌克勒斯的狮子皮，却让赫剌克勒斯像女人一样梳妆打扮。当女王高兴的时候，这个男扮女装的英雄必须为她和她的宫女们讲述他过去的事迹。这些故事是能讨这些女人欢心的，就如孩子们爱听保姆讲故事一样。

终于，他为翁法勒的三年服役期满，赫剌克勒斯从迷梦中惊醒。他憎恶地摔下妇人的服饰，重新开始自己的英雄之路。

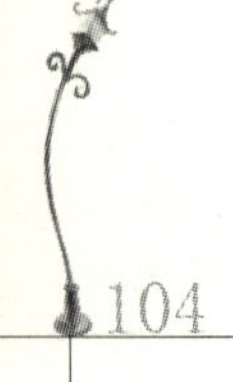

赫剌克勒斯和得伊阿尼拉

埃托利亚和卡吕冬的国王俄纽斯有一个女儿，名叫得伊阿尼拉。这个美丽的女孩正为一个讨厌的求婚者所烦恼着。河神阿刻罗俄斯变身为各种形象纠缠着她。一会儿是一头牛，一会又是一条鳞光闪耀的龙，最近一次则是一个牛头人，下巴上都是长毛，口水喷泉一样地流着。这时，第二个求婚者赫剌克勒斯的出现，可以说恰是时候。

这位重新振作起来的英雄来到王宫时，他雄健的英姿立刻吸引了所有人的目光。国王对两个强大的求婚者谁也不敢得罪，便要他们自己一决胜负。

这是一场激烈的肉搏，最终还是赫剌克勒斯占了优势，河神被摔到地上，他试图变成一条蛇反击，但宙斯的儿子跟上扼住了蛇的七寸。他只好又变成牛反击。赫剌克勒斯仍控制着局面，并折断了一只牛角。河神承认失败，为了赎回自己

的角，河神献上女仙阿尔玛忒亚当初赠送给他的丰饶之角。这支角里装满石榴、葡萄之类的果品，后来，它成了富足的象征。

这次新婚没有改变英雄的冒险人生，他仍然不断建立着英雄业绩。谁知不幸再次发生，一次在岳丈家中，赫剌克勒斯失手杀死一个侍童，他只得带着年轻的妻子和他们的小儿子许罗斯再次逃亡。

途经达欧厄诺斯河的时候，他们遇到了马人涅索斯。这位马人靠背负过路人过河来赚取报酬。赫剌克勒斯自己当然是无需这项服务的，他把妻子得伊阿尼拉交给涅索斯。

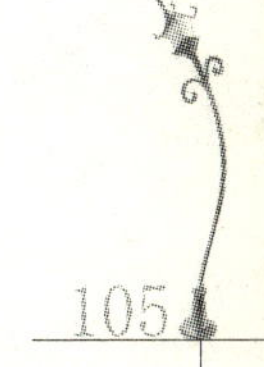

涅索斯把得伊阿尼拉背在肩上，驮着她过河。但走到河心，色胆包天的马人忍不住对得伊阿尼拉动手动脚。已到对岸的赫剌克勒斯听到妻子的呼救声，回身一箭，射穿了他的胸膛。

蘸过许德拉的血的毒箭是致命的，得伊阿尼拉从倒地的涅索斯手中逃脱出来。但垂死的马人叫住她，欺骗她说："听我说，俄纽斯的女儿，你是我背负的最后一个人，所以我愿意给你一些好处。收集我伤口中流出的血液，涂在你丈夫的内衣上，这样他对你就会永不变心！"说完这些话，他就毒发身亡。

得伊阿尼拉虽然对丈夫并无疑心，但还是照涅索斯所说的，收集了一些凝结的血块，放到小罐里保存起来。远处站着的赫剌克勒斯没有看到她的举动。之后，两个人共同经历了

许多艰难险阻，直到来到忒萨吕的达特刺喀斯，好客的国王刻宇克斯欢迎他们在这里住下。

赫剌克勒斯的结局

赫剌克勒斯的最后一次战斗是讨伐欧律托斯。这是对旧怨的了结：欧律托斯是赫剌克勒斯童年的老师，但拒绝把女儿伊俄勒嫁给他。

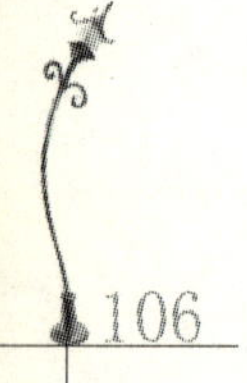

赫剌克勒斯的军队在战场上获胜，欧律托斯和他的三个儿子被杀，巍峨的宫殿被夷为平地，整个城市遭到毁灭。而仍和当年一样年轻貌美的伊俄勒成了赫剌克勒斯的俘虏。

班师途中，赫剌克勒斯绕道到欧玻亚的刻奈翁半岛，在那里献祭宙斯。他忠诚的仆人利卡斯则带着战利品率先返回，其中就包括伊俄勒。

这个女孩被带到得伊阿尼拉的面前的时候，伟大英雄的妻子深深地同情着这个有着窈窕身材和可爱眼睛的女孩。她把她从地上扶起来："看到不幸的人流落异乡，自由的人遭到奴役，总是让我心痛。但你是谁呢，可怜的姑娘：你看起来还是个处女，并且有高贵的门庭。告诉我，利卡斯，她的父母是谁？"

利卡斯小心地替主人隐瞒了真相，而可怜的女孩只是叹息和沉默，得伊阿尼拉也就不再追问，而是安顿她住下来，和善地待她。但是，播弄是非的人是从来不会缺少的。

“不要相信你丈夫派来的人，他对你隐瞒了事实，”有人对得伊阿尼拉说，“她是伊俄勒，欧律托斯的女儿，赫剌克勒斯在认识你之前曾狂热地爱着她，这次也正是为了她而发动的战争。你接纳的不是一个奴隶，而是一个情敌。”

听信了这一切的得伊阿尼拉想起了马人涅索斯的指点，她至今秘密保存着马人的血，相信这是可以保持爱情的魔药，她决定用它来挽回丈夫的心和忠诚。

她躲在房间里，用一簇羊毛蘸上血，涂抹到送给赫剌克勒斯的一件华贵的内衣上。完成这项工作后，她把血红的衣服锁在一个小匣子里，叫来利卡斯，让他把这件礼物交给她的丈夫。

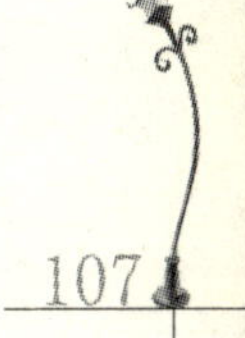

听到女主人的吩咐，利卡斯没有再在王宫片刻地停留，马上带着衣服到欧玻亚。赫剌克勒斯没有任何疑心就穿上那件被毒血浸透的衣服，立刻，汗水就从他额头上涔涔渗出。他全身如同被无数毒蛇咬啮着，他想把衣服脱下来，但是这衣服就像用铁焊在他身上一样，再也脱不下来。这位伟大的英雄痛苦地抽搐，他大声喊叫利卡斯。这个忠诚的仆人根本不知道自己做了什么，走上来天真地重复女主人所说的话。剧痛中变得狂暴的赫剌克勒斯抓住他的脚，把他摔死在海边的石头上。

由于不愿客死异乡，痛苦的英雄让儿子许罗斯把自己带回达特剌喀斯。几天前，得伊阿尼拉偶然发现她使用过的羊毛在阳光的照射下，化得像灰尘或锯末一般，还咝咝作响冒着有毒的气泡。那时她就有了一种不祥的预感，之后她在王宫中不安地徘徊。现在，看到这个不幸的事实，得伊阿尼拉追悔不及，用一把双刃剑结束了生命。

赫剌克勒斯原谅了妻子，让许罗斯娶他过去爱过的年轻的伊俄勒为妻，然后让人把他抬到俄忒山顶。他吩咐人们堆好柴堆，把自己放上去，然后点火。

没有人愿意这样焚毁这位伟大的英雄，赫剌克勒斯只有求助他的朋友菲罗克忒忒斯。作为报答，他把他的所向无敌的弓箭赠给了他。

柴堆刚刚点燃，天空中降下一道霹雳，火光越发明耀，然后祥云蒸腾。烟雾散去后，人们靠近灰烬，想拾取英雄的骨灰，却什么也没有找到。大家都相信，正如神谕所预言的，赫剌克勒斯已从人间解脱，这不死的英雄升向奥林匹斯圣山，成为天神。从此，希腊人祭祀他，把他当作神来崇拜。

在天上，雅典娜接待了永生的英雄，引导他加入诸神的行列。赫拉也表示愿与他和解，把她永葆青春的女儿，女神赫柏，许给他为妻。从此，赫剌克勒斯成为永远在天空闪耀的星座[1]。

---

① 武仙座。

忒修斯的传说

英雄的出生和青年时代

雅典年迈的国王埃勾斯一直没有子嗣，而他的兄弟帕拉斯却有五十个儿子。埃勾斯知道，侄子们都对王位虎视眈眈，所以，他决定瞒着所有人，另外再娶一房妻子，希望可以得到一个儿子，成为他晚年的依靠和他王位的继承人。他的好朋友，特洛曾的国王庇透斯知道他的这个心愿，就把女儿埃特拉秘密地嫁给了他。

埃勾斯在特洛曾停留的时间很短，几天后就返回了雅典。临行前，埃勾斯把他的宝剑和鞋藏在一块巨石下面，然后告诉新娶的妻子，如果能生一个儿子，要悄悄把他抚养成人，直到他有足够的力气搬开巨石的时候，才告诉他真相，让他到雅典去寻访自己的父亲。

埃特拉果真生了一个儿子，并给他取名忒修斯。她遵照

丈夫的叮嘱，没有告诉孩子他父亲是谁。外祖父庇透斯则对外散布传言，说忒修斯是海神波塞冬的儿子。而波塞冬也喜欢这个前程远大的孩子，所以认可了这个说法，并且承诺，将来可以满足他的三个愿望。

很快，忒修斯已经成长为一个青年，他不但生得英俊健美，而且胸怀远大，智勇双全，很多知识和才能都好像与生俱来。这时他母亲埃特拉便把他带到那块巨石前，细述前情，叫他取出他父亲埃勾斯留下的证物。

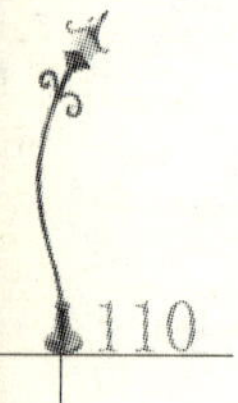

忒修斯轻松地搬开巨石，他穿上鞋，把宝剑挎在腰间，便准备立刻出发。从特洛曾到雅典有两条路可以选择，一条是比较安全的海路，另一条陆路则要越过伊斯特摩斯地峡，沿途到处都有强盗和歹徒出没。忒修斯毫不犹豫地选择了陆路，因为他非常钦佩英雄赫剌克勒斯，一心想做出同他一样的功绩。

忒修斯说："如果我带回去的鞋上没有尘土，剑上没有鲜血，我有何面目面对我真正的父亲呢?"少年英雄的话勾起了外祖父对自己年轻时峥嵘岁月的回忆，他赞同忒修斯的选择。接受了母亲的祝福后，忒修斯便踏上征程。

忒修斯扫灭群盗

当时，正是赫剌克勒斯拜倒在翁法勒裙下的时候，所以本来被他荡平的强盗们又在希腊出现，到处为非作歹。

在厄庇道洛斯地区，便有一个大盗珀里斐忒斯，此人手持一根铁棍，惯于拦路抢劫，因此得了个外号，就叫做“棒子手”。忒修斯途经这里的时候，与这个强盗大战了一场，最后将他杀死，并夺走了他的铁棍，当作战利品和武器。

外号“扳松贼”的辛尼斯是忒修斯除掉的第二个恶贼。辛尼斯力大无穷，喜欢用他的大手扳弯两棵树的树枝，把他的俘虏绑在上面，枝干弹回，人便被活活撕成两半。这个恶魔死在了忒修斯的铁棍之下。

忒修斯一路北上，又碰到了臭名昭著的劫匪斯喀戎。此人喜欢强迫别人为他洗脚，然后在对方弓下身时，便一脚把他踹到海里去。忒修斯让他遭到了报应，反而把他踢到海里淹死。

忒修斯遇到最后一个也是最凶残的对手叫达玛斯忒斯。这个歹徒有两张床，一张很短，一张很长。他强迫矮子睡长的那张，然后把人生生拉长；又让大个子躺到短床上，并把比床长的部分砍掉。因此他得名叫“铁床匪”。忒修斯把这酷刑原封奉还，把巨人般的铁床匪绑在短床上，用剑砍掉他的双腿，让他痛苦地死去。

直到刻菲索斯河畔，英雄终于有了令人愉快的经历。几个费塔利得斯族的男子热情地接待了忒修斯，并为他洗净了身上的血污。

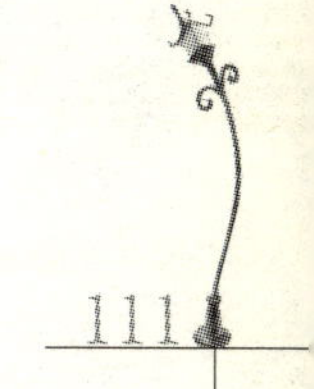

忒修斯和弥诺斯

忒修斯终于到了雅典，父子相认，自有一番惊喜。当时雅典正遭到克里特的国王弥诺斯的压迫。每九年一次，雅典人要向克里特送去七对童男童女作为贡品。这些可怜的孩子被弥诺斯关在他著名的迷宫里，或者活活饿死，或者被凶残的牛头怪弥诺陶洛斯吃掉[①]。

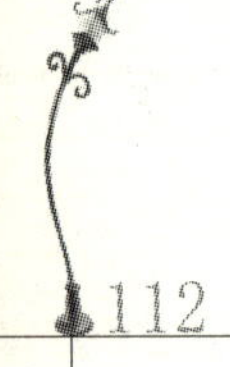

现在，第三次进贡的时间已经临近，忒修斯决定终结这一悲惨事件，他愿意当贡品到克里特去。雅典人被感动了，盛赞他崇高的品格，老国王埃勾斯眼看要失去归来不久的儿子，则伤心得几乎失去自制。忒修斯向父亲承诺说，自己和其余的六男七女一定会安全返回。最后，父子两个约定，如果忒修斯无事，归来的船上就挂白帆，而如果他不幸遇害，其余的人就给船挂上黑帆。

得尔福的神谕告诉忒修斯，要他献祭爱情女神阿佛洛狄忒。忒修斯照着做了，尽管当时他并不解其意。到克里特之后，神谕的含义就立刻揭晓了。弥诺斯国王的女儿阿里阿德涅一看见英俊的忒修斯，就爱上了他。她给了忒修斯一柄魔剑和一个线团。魔剑是能杀死怪物的利器，而线团的作用则是，把线的一头系在迷宫的入口处再往里走，就可以认清来

---

① 参看代达罗斯的故事。

时的路。

得到姑娘的帮助，忒修斯和他的同伴终于顺利杀死了弥诺陶洛斯并走出了迷宫。然后，他就带上阿里阿德涅一起逃走了。临走前，他还凿穿了克里特人的船的船底，这样，弥诺斯国王即使发现女儿逃走，也无法追捕雅典人了。

忒修斯一行中途在狄亚岛靠岸休息。这天夜里，忒修斯做了一个梦，梦见酒神狄奥尼索斯来找他，声称阿里阿德涅是自己的未婚妻，如果忒修斯不遵照命运女神的安排把情人留给他，就将大祸临头。忒修斯是一个敬畏神明的人，所以第二天一早，他就把伤心哭泣的公主留在这座孤岛上，自己乘船继续航行了。

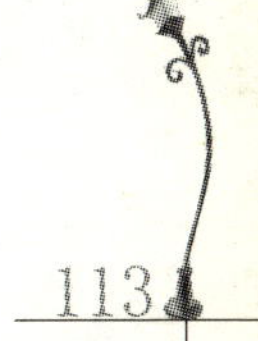

这件事使忒修斯非常悲伤，他忘了给船换上白帆。坐在海岸上瞭望的老国王埃勾斯，远远看见表示哀恸的黑帆，他认为他的儿子死了。于是，他站起身来，满怀悲痛地跳到无底的大海里。从此，这片海域就叫做爱琴海。

淮德拉和希波吕托斯

短短的时间内失去了恋人和父亲，使忒修斯悲痛欲绝。但是他很快从哀伤中走出来，继承了王位，并且证明他不仅是一个冒险的英雄，而且也是一个好的国王。雅典在他的治理下欣欣向荣。从作为一个领袖的角度看，忒修斯甚至胜过了他的榜样赫剌克勒斯。

转眼很多年过去。失去阿里阿德涅后，忒修斯娶过一个妻子，她为他生了一个儿子叫希波吕托斯。后来妻子去世，忒修斯也一直没有续弦，一直到他听说阿里阿德涅的妹妹淮德拉已经长成一个美丽的女人。

这时，弥诺斯国王早已去世，继承克里特王位的是他的长子丢卡利翁。丢卡利翁愿意和雅典这个强大的邻邦搞好关系，所以他也很愿意把妹妹淮德拉嫁给忒修斯。

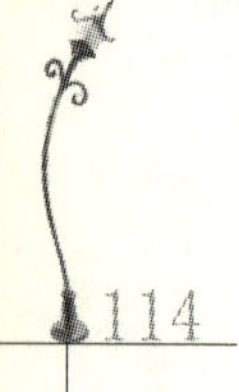

不久后，忒修斯就把淮德拉迎娶回家。淮德拉和她姐姐阿里阿德涅长得几乎一模一样，忒修斯非常爱她。但是淮德拉却并不喜欢年事已高的忒修斯，而国王年轻的儿子希波吕托斯，他健美的身体和高雅的风度唤醒了她心底的激情。

这一年，忒修斯有事外出，离开了雅典。淮德拉终于忍不住向希波吕托斯表白了自己的爱情。希波吕托斯有纯洁的灵魂，并且崇拜自己的父亲，所以他立刻拒绝了。并且从此为了躲避淮德拉，他很少留在雅典城里，而总是在森林里狩猎。

淮德拉从此生活在痛苦和恐惧之中，她害怕忒修斯发现自己的背叛后，自己将要承担的后果。而爱情失败的痛楚则转变为一种仇恨。她的脑海里，逐渐形成了一个可怕的报复计划。

忒修斯终于回到雅典，他看见的却是妻子的尸体，妻子手中还紧紧握着一封她临死前写的信："这是逃避希波吕托斯的纠缠的唯一办法。对丈夫的忠诚更重于我的生命。"

忒修斯震惊了，长久的沉默后他举起双手向天祈祷："波塞冬，我的父呀，你爱我如同己出，你曾经答应可以满足我三个请求，现在我希望你信守诺言。我愿望只有一个，就是不要让我可恶的儿子活过今天！”

波塞冬听到了忒修斯的请求，他掀起风浪，放出一头凶悍的公牛去攻击希波吕托斯的马车。拉车的马惊了，不听控制，希波吕托斯从马车上摔下来，活活摔死了。

听到儿子的死讯后，忒修斯陷入久久的沉默，他不知道自己究竟是怎样一种心情。这时，他看见一个老妇人哭喊着走过来，这是他的妻子淮德拉的奶娘。老妇人知道一切真相，并曾为淮德拉勾引希波吕托斯穿针引线。现在她受不了良心的折磨，向忒修斯诉说王子无罪，并揭发了王后的罪过。

忒修斯惊呆了，但是一切都已经晚了。

忒修斯与海伦

忒修斯越来越感到衰老和孤独，而他的好朋友，年轻的英雄庇里托俄斯也妻子早逝，于是他们决定一起去冒险，想各自抢一个妻子。

当时，希腊最著名的美女是宙斯和勒达所生的女儿，后来引发特洛伊战争的海伦。海伦此时还是少女，但已经名闻遐迩。忒修斯和庇里托俄斯在阿耳忒弥斯的神庙里看见她的舞姿，都立刻爱上了她。为了不破坏两个人的友谊，他们为她抓阄，双方友好地保证，谁赢得海伦，谁就要帮助另外一人再

去劫夺一个美女。结果忒修斯得胜，他们便劫走了海伦，忒修斯把她交给自己的母亲埃特拉看管起来。

没有得到海伦，庇里托俄斯心目中的美人，竟是冥王哈得斯的妻子珀尔塞福涅。忒修斯义不容辞，和他一起前往冥界，想劫走珀尔塞福涅。但这个疯狂的计划遭到失败，忒修斯和庇里托俄斯被囚禁到一块大石头上。一直到赫剌克勒斯闯入冥府的时候，忒修斯才获救，而庇里托俄斯则不得不永远留在那里了。

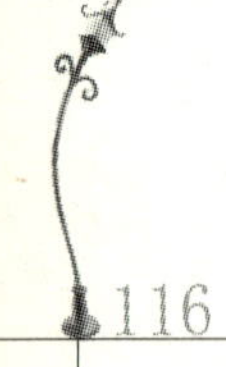

忒修斯的结局

回到雅典后，忒修斯发现自己将要面对的局面比他想象的还要糟糕严峻的多。海伦已经又被她的哥哥救走了，忒修斯对此并没有表示不满，因为在冥界的监禁生涯已经使他醒悟，他为他的掳掠行为感到羞耻。但更糟糕的是，雅典反对他的人已经形成了势力，暴乱四起，他已经没有办法恢复秩序。

心灰意冷的忒修斯自动离开他的城市，乘船到斯库洛斯岛去。在那里，他还拥有父亲留给他的大宗财产，他把那里的居民当作自己要好的朋友，决定在那里过一个老人的安详的生活。

但是，斯库洛斯的统治者吕科墨得斯国王却想侵吞忒修斯的财产。他把忒修斯骗到岛上最高的岩峰上，当忒修斯沉浸于周围美丽的自然风光时，吕科墨得斯从后边猛一推，忒

修斯就从悬崖上掉了下去，摔得粉身碎骨。

忘恩负义的雅典人很快遗忘了忒修斯。数百年后，雅典人在马拉松平原抗击波斯人的入侵时，忒修斯的灵魂从地下站出来，领导他的不忠臣民的后代打败了敌人。雅典人于是重新开始崇敬这位伟大的英雄。他们找到忒修斯的遗骸，把它迎接回雅典。那一天，雅典城内人山人海，欢声雷动，就好像忒修斯本人凯旋归来一般。

俄狄浦斯

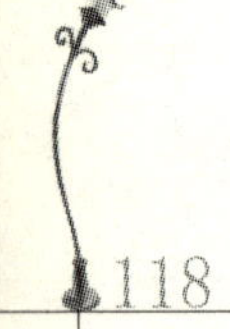

俄狄浦斯的早年

忒拜的国王拉伊俄斯和王后伊俄卡斯忒结婚多年，但膝下无儿。他便向得尔福的阿波罗询问根由，不料却得到这样一条神谕："你将会有一个儿子。但是命中注定，你将死在你亲生孩子的手里。"

拉伊俄斯对神谕深信不疑。所以，当伊俄卡斯忒终于为他生了一个儿子后，他们刺穿了婴儿的脚踝，拴好后让人把孩子抛到喀泰戎荒山里去。国王夫妇相信，孩子即使不丧于野兽的唇吻，也将冻馁而死，这样神谕就不会实现了。他们自我安慰说：儿子的死，使他避免了弑父的罪孽，也未尝不是一件好事。

他们所不知道的是，执行这个命令的牧羊人怜悯无辜的婴儿。恰好喀泰戎山里还有科林斯王波吕玻斯的牧群，他便悄悄把孩子交给那个牧人。波吕玻斯的牧人解开贯穿婴儿脚

踝的绳索，由于不知道这个孩子的来历，便为他取名俄狄浦斯，意思就是“肿痛的脚”。

牧人把孩子带回科林斯，波吕玻斯国王同情这个弃儿，自己又并无子嗣，便把他交给妻子墨洛珀，视为己出。转眼十多年过去，俄狄浦斯已经成长为一个青年，他一点不知道自己坎坷的身世，因为大家都告诉他，他是老国王的亲生儿子和王位的继承人。

但是在一次宴会上，一个素来与俄狄浦斯有隙的科林斯人，酒醉之后冲着他大吼，说波吕玻斯并非他真正的父亲。这句话勾起了俄狄浦斯的疑虑，第二天一早，他就向波吕玻斯夫妇求证此事。国王夫妇对恶意挑拨者十分愤怒，称那是无耻的谰言。父母的话中深挚的爱给他安慰，但并没有打消他的疑虑。

终于，俄狄浦斯悄悄地离开了王宫，去寻觅得尔福的神谕。但太阳神阿波罗没有回答他的问题，反而预言了新的更可怕的不幸。“你将杀死你的亲生父亲，并娶你的生母为妻，生下可憎的后代留在人间。”

听了这番神谕，俄狄浦斯犹如五雷轰顶。这时他倒不再怀疑，慈爱的老国王夫妇是他真正的双亲。尽管坚信自己不会做此大逆不道之事，但他害怕命运女神会驱使他做出违背本意的事。所以离开得尔福后，他不敢回家，而是走上了去玻俄提亚的路。

俄狄浦斯杀父娶母

在一个十字路口，俄狄浦斯与一辆飞驰的马车狭路相逢。驾车的御者之外，车上还坐着一位老人，一个使者，和两个仆从。

马车横冲直撞，几乎把路上的行人挤出道外。天性冲动的俄狄浦斯与他们争执起来，那老人一副不容侵犯的派头，抡起马鞭向俄狄浦斯的脑袋重重抽来。这一下，俄狄浦斯暴怒了，他抡起手中的行杖反击。对方有五个人，但俄狄浦斯比他们年轻，而且神赐给他英雄的勇力，结果老人第一个被击中，从车座上跌落下来。一场恶斗过后，除了一人逃脱，其他人都被俄狄浦斯打死了。

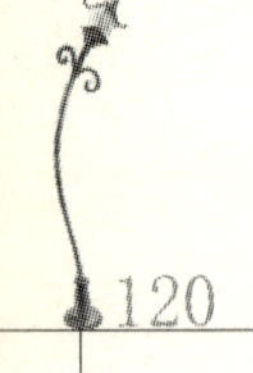

俄狄浦斯继续走他的路。在他看来，这不过是正当的自卫。他做梦也想不到，车上这位陌生的老人，正是忒拜国王拉伊俄斯，自己的生身父亲。父子二人都竭力规避神的预言，但命运女神还是把预言变成了现实。

忒拜人此时无心顾及国王的死，因为他们不得不面对一个更迫在眉睫的危险。斯芬克斯出现在忒拜。她是一个胁生双翅的怪物，有少女的头，狮子的身体。斯芬克斯趴在一个悬崖上，要求忒拜的居民破解她从缪斯女神那里学来的谜语。如果猜不出谜底，她就抓住这个人，把他撕碎吃掉。

此时，王后伊俄卡斯忒的兄弟克瑞翁继承了忒拜王位，但他对这个难题束手无策。不久后，克瑞翁自己的儿子也被斯芬克斯吃掉了。克瑞翁因这打击，甘愿放弃已经到手的权力，他发出公告：谁能除掉斯芬克斯，谁就可以得到王国并娶他的姐姐伊俄卡斯忒为妻。

就是在这个紧要关头，俄狄浦斯走进了忒拜城。危险和锦标都诱惑着他，更重要的是，他并不看重自己笼罩在不祥预言之中的生命。因此，他攀登上斯芬克斯占据的那个悬崖，听她说出她的谜语："早晨四条腿，中午两条腿，黄昏三条腿。在一切造物中唯独他用不同数目的腿行走。腿最多的时候，正是力量和速度最小的时候。"

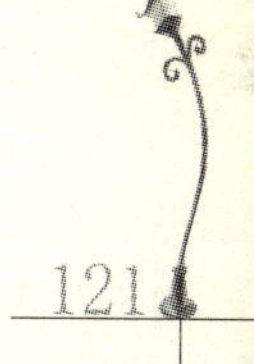

这个谜语没有令俄狄浦斯感到丝毫为难，他微微一笑说："谜底就是人呀。在生命的早晨，人是柔弱的孩子，便两手和两脚地爬行。成年是生命的中午，用两脚走路。老了就是生命的黄昏，人需要拐杖的扶持，这不就是三条腿走路吗？"

见俄狄浦斯一语中的，斯芬克芬羞愤地从悬崖上跳下去摔死了。于是，俄狄浦斯得到了事先许诺的奖赏：忒拜王国，以及先王的遗孀。

俄狄浦斯就这样娶了自己的生母，她接连为他生了四个孩子：双胞胎男孩厄忒俄克勒斯和波吕尼刻斯，接着是两个女儿，姐姐叫安提戈涅，妹妹叫伊斯墨涅。他们是他的子女，也是他的弟弟和妹妹。

真相的揭露

多年以来，这个可怕的秘密隐藏得很好。俄狄浦斯是一个正直的好国王，他公正地治理着忒拜，和伊俄卡斯忒过着美满的生活，直到一场瘟疫降临忒拜。

瘟疫夺去了很多人的生命，忒拜人认为，这场灾害是神降的惩罚。于是他们聚集到王宫之前寻求帮助，国王曾经在斯芬克斯口中拯救了大家，现在忒拜人希望仍能如此。

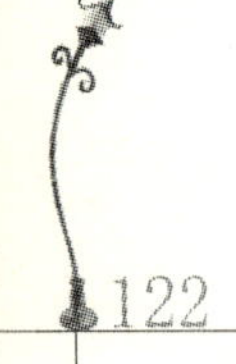

俄狄浦斯对眼前的惨状当然不可能无动于衷，他派妻子的兄弟，忒拜的前国王克瑞翁去得尔福恳求阿波罗，希望这位太阳神能够指示走出困境的办法。

克瑞翁带回来的神谕说，忒拜老王拉伊俄斯被杀害，凶手却逍遥法外，这就是发生瘟疫的原因。现在只有这个罪人得到惩罚，全城才能得救。

俄狄浦斯完全不知道自己和这凶案的关联，于是开始试图侦破这起凶杀案。他一边收集线索，一边昭告全国：凡是知道杀害国王拉伊俄斯的凶手消息的人，都要如实上报。一旦那个凶手被发现，他将受到最严厉的惩罚，刺瞎双眼，并被驱逐出境。

随后他派人去找预言家忒瑞西阿斯，这位老人因为得罪了赫拉而被罚双目失明，但是宙斯同情他，赐给他无人能比的预知未来的能力。俄狄浦斯希望他能为大家指出谁是凶手。

谁知忒瑞西阿斯只是发出一声悲叹，看样子他知道凶手是谁，但是他却拒绝说出来。

俄狄浦斯反复恳求忒瑞西阿斯指出真凶，但这位预言家始终保持缄默。俄狄浦斯突然动怒了，他甚至怀疑忒瑞西阿斯也是杀害拉伊俄斯的帮凶。这样一来，忒瑞西阿斯便不得不说出真相："俄狄浦斯，惩罚你自己罢，你本人就是那个凶手！"

俄狄浦斯大骂预言家忒瑞西阿斯是招摇撞骗之徒，甚至怀疑他是被克瑞翁收买了。俄狄浦斯疑心克瑞翁要夺回王位，所以栽赃自己。忒瑞西阿斯也不声辩，就扶着给他带路的小童离去了。

见到妻子伊俄卡斯忒之后，俄狄浦斯余怒未息。弄清丈夫发怒的原因后，她安慰他说："亲爱的，你不要动怒。预言家实际上是无知的。我也有一个例子可以证实这一点：我的第一个丈夫拉伊俄斯也曾得到过一个神谕，说他将死在儿子的手里。但我和他唯一的儿子一生下来就死了。他是在十字路口被一伙外乡强盗杀害的。哼，预言家的裁决，可不是空口说白话吗！"

王后这一席话，却令俄狄浦斯如遭电击，他紧张地问："拉伊俄斯是死在一个十字路口？哦，告诉我，他生得什么模样？"

"他是个身材高大的人，"伊俄卡斯忒不能理解俄狄浦斯如此强烈的反应，"一头灰白的头发。亲爱的，他的体格和长相都很像你。”

“忒瑞西阿斯并不是瞎子，忒瑞西阿斯洞悉一切！”俄狄浦斯惊呼道。但是他心里还存着一线希望，因为那个十字路口类似的凶杀案完全可能不止一起。伊俄卡斯忒告诉他，当时拉伊俄斯的随从里还有生还者，所以俄狄浦斯要求赶紧把那人找来，让他认一认自己到底是不是凶手。

俄狄浦斯还在焦急等待的时候，从科林斯来了一个使者。他告诉俄狄浦斯：“您尊贵的父亲波吕玻斯国王已经去世，我好不容易打听到您的下落，现在请您回去继承王位。”俄狄浦斯为父亲的去世悲哀，也为那个自己将杀父的可怕预言没有变成事实而庆幸。但是他暂时还不敢回科林斯去，因为他的母亲墨洛珀还活着，所以神谕的另一部分，他将娶母亲为妻的预言仍然可能变成事实。

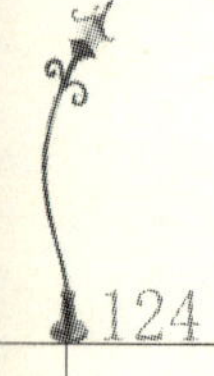

这个使者打消了他的疑虑：“您不用为此担忧。您只是老国王夫妇的养子而已。所以即使神谕所说的不可避免，您也不用避开墨洛珀王后。”原来，他就是多年前在喀泰戎山上从拉伊俄斯的仆从手中接过新生婴儿的那个牧人，捆在婴儿被穿透的脚后跟上的绑带就是他给解开的。

这下，一直对神谕表示轻蔑的伊俄卡斯忒一下子变得脸色惨白了。这时，十字路口唯一的生还者也到了忒拜王宫。那个科林斯的使者一眼就认出自己的老朋友，他就是当年把俄狄浦斯交给自己的牧羊人。

伊俄卡斯忒和俄狄浦斯的自惩

俄狄浦斯逃脱命运惩罚的最后一线希望也破灭了。他仰天悲号，在王宫里癫狂般奔走。他想找到一把剑，从人间铲除那既是他母亲又是他妻子的怪物。但当他冲进寝室的时候，他发现自己没有必要动手了。

伊俄卡斯忒已经自缢身亡。

俄狄浦斯也不愿放过自己，他拽下她袍子上的纯金胸针，刺瞎了自己的双眼。随后他让人把他领到忒拜人的面前，当众诅咒自己，因为他就是杀父的凶手，娶母为妻的乱伦者，神祇憎恶的人。

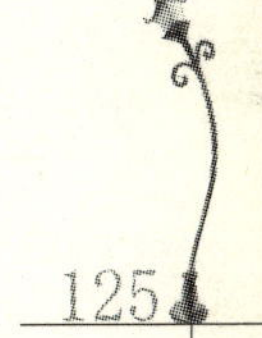

但人民感念着他这些年来的功德，对这位善良而有才能的统治者并不憎恶，反而非常同情。但俄狄浦斯仍然实践了自己的诺言，把凶手也就是他自己放逐。他要到喀泰戎山里去，那里是他的父母早已决定埋葬他的地方，现在他决定在那里听天由命。

七雄攻忒拜

七雄聚义

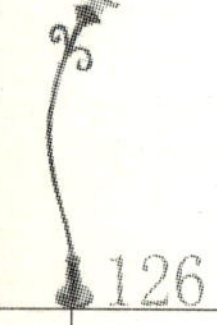

俄狄浦斯离开忒拜后，王位空缺，他的长子波吕尼刻斯首先即位做了国王。但是，他的另一个儿子厄忒俄克勒斯不满意这个安排，便煽动民变，把他的哥哥驱逐出境了。

波吕尼刻斯一路逃亡，来到了阿耳戈斯王国。在这里，他遇到了来自卡吕东的堤丢斯，因为打猎时误杀了一个亲戚，堤丢斯也不得不背井离乡。

两个逃亡者在阿耳戈斯的王宫前相遇。黑夜里，他们都以为对方是敌人，便互相搏斗起来。很快，打斗的声音惊动了这里的国王阿德剌斯托斯。

阿德剌斯托斯膝下共有三子二女。有一个奇异的神谕说：这两个女孩一个将嫁给狮子，另一个女儿将嫁给野猪。多年来，阿德剌斯托斯为此困惑着，现在他走出宫门，看见波吕尼刻斯和堤丢斯，立刻恍然大悟。

原来，波吕尼刻斯的盾上画着一个狮子的头，因为他崇拜赫刺克勒斯；堤丢斯的盾上则是一个野猪的头，这是为了纪念狩猎卡吕冬的野猪和怀念他的异母兄长墨勒阿革洛斯。

于是，阿德剌斯托斯按照神谕行事，招两个逃亡者为婿，并许诺发兵护送女婿回祖国去。

第一个攻打的目标便是忒拜。阿德剌斯托斯聚会各路英雄，结果，国王的两个兄弟希波墨冬和帕耳忒诺派俄斯都乐于出兵，他的侄子卡帕纽斯也跃跃欲试。但等阿德剌斯托斯找到自己的姐丈安菲阿剌俄斯时，却遇到了麻烦。

安菲阿剌俄斯是一个预言家，他预言这场战争必败无疑。安菲阿剌俄斯首先劝说阿德剌斯托斯和其他英雄放弃远征的计划，后来见这是徒费唇舌，便想置身事外。他找了一个隐蔽处藏了起来，只有他妻子才知道他的下落。

阿德剌斯托斯素来以安菲阿剌俄斯为军中的眼目，所以非要找到他不可。当初波吕尼刻斯逃出忒拜时，随身带着一条项链和一幅面网。这是爱神阿佛洛狄忒的宝物，但是自它们流落人间以来，每一个拥有它们的人，都遭遇了不幸的结果。现在，波吕尼刻斯决定用这条项链，来令安菲阿剌俄斯的妻子厄里费勒开口。

果然，这女人无法抵抗珠宝的诱惑，她把波吕尼刻斯带到丈夫藏身的地方。安菲阿剌俄斯再也不能逃避这次远征了，但在出发之前，他把儿子叫到跟前，让儿子指天发誓，在他自己死后，向不忠的母亲复仇。

就这样，阿德刺斯托斯、波吕尼刻斯、堤丢斯、安菲阿刺俄斯、希波墨冬、帕耳忒诺派俄斯和卡帕纽斯，共是七个王子，组成七路大军，浩浩荡荡地离开了阿耳戈斯城，杀奔忒拜而去。

英雄们出发

大军行至涅墨亚大森林时遭遇了困境。气候酷热，久旱不雨，这里所有的泉水、河流和湖泊都已干涸。所有人都干渴难忍。

阿德刺斯托斯亲自带着几名武士在树林里寻找水源，但是他也徒劳无功。这时，他忽然看见迎面走来一个年轻的妇人。她衣衫褴褛，满面愁容，然而却难掩天生丽质。在她的怀里，还抱着一个小男孩。阿德刺斯托斯惊诧于她的美貌，以为见到了林中女仙，便祈求她指引走出困境的途径。

“外乡人，我不是女神。若说我与凡人能有什么不同的地方，那必是我经历了更多的苦难与不幸。”这妇人的话里充满感伤，她回答道，“我叫许普西皮勒，从前是楞诺斯岛女人国的女王。但我被海盗抢走又卖掉，辗转流落到这里，现在是涅墨亚国王吕枯耳戈斯的奴隶。我抱着的这孩子，他叫俄斐尔忒斯，是我的主人的儿子。我被指定做他的看护。”

阿德刺斯托斯听说面前的不是女神，内心不觉凉了大半。但许普西皮勒接下来的话却让他精神大振。她知道附近

有一处隐秘的泉水。

阿德剌斯托斯慌忙令他的武士去招唤其他伙伴，许普西皮勒则把怀中的婴儿放到草地上，哄他入睡。然后，她带着阿德剌斯托斯和他的大队人马穿过林间幽径，道路几个曲折之后，英雄们都听见前方訇然的水声，接着水汽扑面而来。

果然，眼前的大峡谷里有一眼美好的泉水。早就渴坏的士兵们齐声欢呼，一拥而上，大口地饮着甘甜的清泉。源泉混混，愈涌愈出，大队人马很快都感到消渴解乏。

于是，他们又和许普西皮勒一道返回原先遭遇的地方。但接近那里的时候，凄惨的哭叫忽然传来，这正是那孩子的声音。许普西皮勒被吓得脸色惨白，她立刻狂奔过去，英雄们也紧跟在她身后。

孩子不见了，而就在不远处，蜷缩着一条丑恶的大蛇，它低垂着头，正在懒洋洋地消化它刚刚吞下去的食物。

许普西皮勒绝望地痛哭起来。第一个赶到的英雄是希波墨冬，他用巨石和长矛杀死了大蛇。许普西皮勒壮起胆子，去追寻孩子的踪迹，结果她最终只发现了一些被啃得光光的骨头。最后，阿德剌斯托斯率领全军上下，为这个为他们而牺牲的不幸的孩子举行了隆重的葬礼。然后他们便辞别了不幸的许普西皮勒，继续进兵。

英雄们到达忒拜

预言家安菲阿刺俄斯把男孩子的死当作一个凶兆，但其他的人想的更多的则是杀死了巨蛇，他们认为忒拜人是毒龙的子孙①，毒蛇的死就意味着忒拜人的覆灭。大军士气高涨，一路无话，不数日就到了忒拜城外。

忒拜城以共有七座城门而知名，于是七位英雄便决定每人负责攻打一个城门。登时，只见城外的原野上，沿着伊斯墨诺斯河的两岸，庞大的军队正在运动着。阳光照耀着金属盔甲和武器，光芒闪烁，好像一片波光起伏的海洋。大队的步兵和骑兵呼啸着涌向城墙脚下，把这座城团团围住。

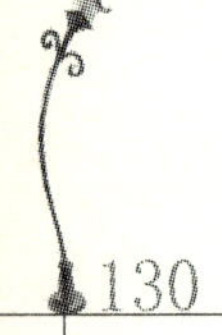

与此同时，城中也在紧张地备战布防，驱逐了兄长的厄忒俄克勒斯和他的舅父克瑞翁一起，号召忒拜人与来犯之敌誓死一战。

厄忒俄克勒斯的妹妹，也就是俄狄浦斯的两个女儿安提戈涅和伊斯墨涅这时也在忒拜城中。伊斯墨涅年幼无知，也还罢了，安提戈涅的心里，却是更偏爱年长的哥哥波吕尼刻斯的。但是她又不赞成哥哥围攻忒拜城，所以心情格外复杂沉重。

① 第一代忒拜人是毒龙的牙齿播种到地下后生长出来的，参看卡德摩斯的故事。

墨诺扣斯

战争胜负难料，于是克瑞翁想起了城中的老预言家忒瑞西阿斯，将他请进王宫，要他预言忒拜城的命运。

忒瑞西阿斯沉默了一阵，说："只有一个办法能够拯救这个城，但对被拯救的人来说，这办法却太痛苦了，我还是不要说了罢。"

但克瑞翁一再恳求他。最后预言家脸色沉重地说："毒龙的子孙里，最小的那个必须死。只有用他的血，才能换得忒拜的胜利。"

克瑞翁很快就明白了他在说什么，他愤怒地站起来说："你是说我可爱的小儿子墨诺扣斯？你要他去死？给我滚开吧！我不需要你的预言！"

"不管对你是不是灾难，但真理始终是真理。"忒瑞西阿斯严肃地说了这句话，然后就离开了。

克瑞翁一个人内心挣扎了很久，他十分疼爱自己的小儿子墨诺扣斯，无论如何不忍心看他无辜死去。最后他把墨诺扣斯叫到跟前，让他赶紧离开忒拜，逃得越远越好。

但是墨诺扣斯已经听到了他和老预言家的对话。这个勇敢的男孩假装同意按父亲说的去做，但实际上他却爬上城楼的最高处，扫视了一眼城外浩浩荡荡的入侵者，就忽然拔出匕首，刺穿了自己的咽喉，然后身子一翻，从城楼上跌了下来。

兄弟的对决

神谕实现了，忒拜人有了必胜的信念，所以面对进攻的时候，显得格外英勇。一场恶战，入侵者伤亡惨重，七个英雄之中，帕耳忒诺派俄斯和卡帕纽斯都先后阵亡。国王阿德剌斯托斯看战局不利，便暂时撤退。

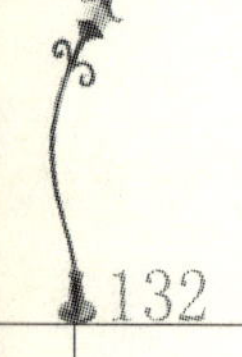

但是这一战忒拜人也元气大伤，所以当围城部队重新组织起来，准备再次发动进攻的时候，他们也知道这次再打退敌人的希望相当渺茫。所以，厄忒俄克勒斯决定换一种决战方式，他站到城堡的最高处，向双方的军人大声喊话："大家都不要为波吕尼刻斯和我——他的兄弟——再牺牲生命了。还是我单独和我的哥哥波吕尼刻斯一决胜负吧！谁杀死对方，谁就是忒拜的国王！"

波吕尼刻斯毫不犹豫地接受他兄弟的挑战。双方的士兵都欢声雷动，大家都厌倦了为少数人的利益而流血战斗。

现在，俄狄浦斯的两个儿子都武装好了自己。决斗开始之前，双方的预言家想从献祭的火焰中推断这一战结局。但是预兆相当奇怪，似乎说双方都获得胜利，又似乎说大家都是失败者。

号角吹响，这是战斗开始的信号。兄弟二人都用盾牌保护好自己，而用矛不断寻找对方的防守的空隙。波吕尼刻斯首先抓住了机会：厄忒俄克勒斯一次出击过于急躁，他想用

右脚踢开挡在路上的一块石头，把腿露在盾牌下面，结果他的兄长立刻刺穿了他的胫骨。阿耳戈斯人见胜利在望，都欢呼起来。

但厄忒俄克勒斯虽败不乱，他也抓住一个反击的机会，长矛深深地扎进哥哥的肩胛里，但这一击用力过猛，导致矛头折断。厄忒俄克勒斯很机警，他顺势拾起一块石头，把他哥哥的矛杆也砸断了。

现在双方都失去了投矛，又回到了同一条起跑线上。他们转而用剑攻击，近身搏斗，危险万端。最后，厄忒俄克勒斯一剑刺中他哥哥的身体，波吕尼刻斯跌倒在地。厄忒俄克勒斯以为胜局已定，便俯下身去，准备夺走哥哥的武器，不料，波吕尼刻斯奋起最后的气力，一剑穿透厄忒俄克勒斯的身体，这是致命的一击。

现在忒拜城城门大开，妇女和奴隶都出来悲悼他们死去的国王。只有安提戈涅冲向她心爱的哥哥波吕尼刻斯。波吕尼刻斯眼珠已经黯淡，他用喘息的声音对妹妹说："安提戈涅，我为你未来的命运担忧。我也悲悼我的兄弟，过去我是多么的爱他，后来却成了仇敌。只有在临死的时候，我才发现我还是爱他的。我有一个最后的心愿，希望能在故土得到安葬。"

说完，波吕尼刻斯也死去了。而这时双方的军队陷入了激烈的争吵。阿耳戈斯人说："是波吕尼刻斯首先刺中对方的！"忒拜人则反驳："他也是首先倒下的！"嘴上的争辩不能解决问题，双方就重新动武。不过，忒拜人仍然握着他们的矛和盾，而阿耳戈斯人过早地确信胜利在自己这边，已经放下了武器。所以接下来的一幕，不是战斗，而是屠杀。

七个英雄中，只有阿德刺斯托斯侥幸逃得了一命。除了之间的攻城战中死去的两位英雄外，堤丢斯和希波墨冬也死于乱军之中。而早就预言了失败的安菲阿刺俄斯被敌人追得走投无路，宙斯同情他，便用雷电将大地劈开一条裂缝，将安菲阿刺俄斯吞食了。

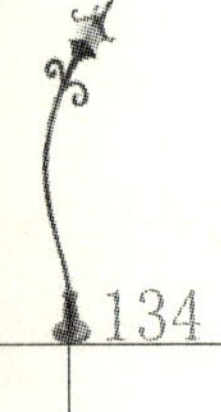

克瑞翁的决定

俄狄浦斯的儿子都已经死了，他们的舅父克瑞翁便重新做起了忒拜的王。他给厄忒俄克勒斯以国葬，但却将波吕尼刻斯的尸体丢在原地，让他暴露在荒野里，为鹫鸟和野狗所食。克瑞翁还派兵秘密看守住尸体，如果有人企图安葬它，那只有死路一条：承受被乱石砸死的刑罚。

但这个可怕的命令没有吓倒安提戈涅，她仍然要满足哥哥的遗愿。首先，她去找妹妹伊斯墨涅商议，但伊斯墨涅不敢面对这样残酷的冒险。

“姐姐呀，”她啜泣着说，“我们的父亲、母亲和兄长没有一个得到善终，你想要让我们也步他们的后尘吗？”

安提戈涅冷淡地转过脸去。“我不需要你的帮助了，”她说，“让我一个人去掩埋哥哥的尸体。这件事做成后，我会愉

快的死在我一生爱戴的兄长身边!”

几天后,一个看守战战兢兢的来到国王克瑞翁面前。“你命令我们看守的那具尸体被人埋葬了。”他说。

守卫们确实疏忽了,他们没有看见是什么人做成了这件事。尽管现场没有使用铁锹的痕迹,死者的身上只覆盖了薄薄的一层泥土,仅够冥府的神承认这是埋葬,但克瑞翁仍然大发雷霆,他命令卫士把尸体挖出来,并一定要抓住掩埋者,否则就把他们统统绞死。

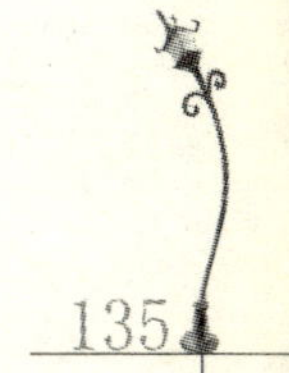

这些看守人当然唯命是从。终于,在风沙弥漫的中午,他们看见一个少女缓步走来。她抱着一只铜罐,一边流着眼泪,一边把铜罐里的泥土细心地倾撒在死者身上。她是如此全神贯注,以致没有注意到,看守们正如狼似虎地向她走来。

安提戈涅和克瑞翁

这少女被抓获,扭送到盛怒的国王克瑞翁面前。克瑞翁一眼就认出了她,自己的外甥女安提戈涅。

“愚蠢的孩子,”他冲着她喊道,“你知道你的行为是违犯法令的吗?”

“我非常清楚我在做什么,”安提戈涅平静地说,“我知道这条法令不是出自永生的神明之口;我也知道如果违反了另一条法规,才会引起神明的愤怒。那就是,我不可以不埋葬我母亲死去的儿子。”

少女勇敢而镇定的态度更加激怒了克瑞翁，他威胁说要杀死安提戈涅。安提戈涅立刻答道：“我的名字不会因为死而失去光荣。我知道，忒拜人只是畏惧你的权势才缄默不言，但所有人的心里都是赞成我的，因为爱护哥哥是做妹妹的最重要的义务。”

这时，伊斯墨涅焦急地跑来了，听说姐姐被捕，姐妹之情战胜了怯弱，她来到残暴的舅舅面前，要求和姐姐一起被处死。同时她也提醒克瑞翁：安提戈涅不仅是他的外甥女，也将是他的儿媳：克瑞翁的儿子海蒙深爱着安提戈涅。

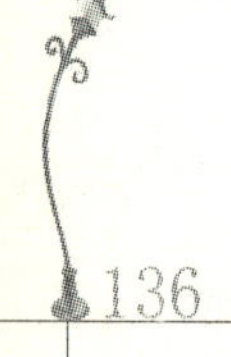

但是狂暴的克瑞翁这时已不顾一切。他吩咐人把伊斯墨涅拉走，又挖了一个墓穴，把安提戈涅关在里面，不给她食物，要将她活活饿死。

安提戈涅的恋人，克瑞翁的儿子海蒙赶紧来请求父亲宽恕，但是克瑞翁不听一切劝阻，海蒙一向是个恭顺的儿子，不敢违抗父亲的意志。

波吕尼刻斯的尸体已经开始腐烂，尸臭弥漫忒拜全城。年迈的预言家忒瑞西阿斯再次来到国王克瑞翁面前。“很明显，诸神生我们的气了，”忒瑞西阿斯警告说，“你犯了双重的罪：既阻止死者回归地府，又不让生者见到阳光！除非你再牺牲一个亲人，太阳将永不落山。”

对克瑞翁的惩罚

老预言家的警告让克瑞翁恐惧了。他终于同意安葬了波吕尼刻斯，同时亲自带着人，去释放安提戈涅。

谁知还没走到那个墓穴，就听到里面传出绝望的悲号。克瑞翁立刻听出这是他儿子海蒙的声音。

克瑞翁赶紧赶到近前，他看见安提戈涅姑娘吊在空中，原来她用面纱拧成绳索，已经自尽身亡了。而她的恋人海蒙跪在地上，抱着她的双膝，放声大哭。

“不幸的孩子呀，”克瑞翁慌忙呼唤自己的儿子，“你想要做什么？你的迷乱的目光怎么这样吓人？回到父亲身边来吧！我跪在这里求你了！”

但是海蒙只是绝望地看着他，一句话也不说。忽然，这年轻人拔出佩剑，克瑞翁以为他要袭击自己，但海蒙却把剑尖对准了自己猛地刺进去，这对绝望的恋人死在了一起。

海蒙是克瑞翁仅剩的儿子，亲眼目睹这悲惨的一幕使他失魂落魄。接下来，克瑞翁的妻子欧律狄克听到噩耗，也用短剑结束了自己的生命。只剩下克瑞翁一个人孤零零活在这世界上。

特洛伊的故事

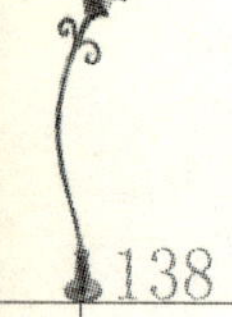

帕里斯的降生，不和女神的礼物

特洛伊城位于小亚细亚，是一座坚固而繁华的城。它的国王是普里阿摩斯，有五十个儿子，其中十九个是他现在的王后赫卡柏所生。赫卡柏的大儿子即赫克托耳，他成年后成长为特洛伊最神勇的英雄。生第二个孩子时，赫卡柏做了一个奇怪的梦，她梦见自己生下来的是一支火炬，火炬点燃了特洛伊城，把它烧成灰烬。

赫卡柏把梦景告诉她的丈夫，普里阿摩斯顿生疑虑，即刻召来前妻的儿子埃萨库斯，因为他是个预言家。仔细听了父亲的叙述后，埃萨库斯解释说，这个征兆表明，这新生的孩子将毁灭特洛伊城。

赫卡柏是一个深明大义的王后，虽然母子情深，但是她更看重对国家的责任。因此，她劝丈夫把婴儿交给一个仆人，扔到爱达山上，任其自生自灭。仆人遵命行事，但是五天之

后，他发现一只母熊收留了这孩子。这仆人于是认为这孩子是有天神庇佑的，便把他带回家去，取名为帕里斯，当作自己的儿子抚养。

许多年过去，帕里斯已经长成一个英俊的青年。他继承了养父的工作，在爱达山上，替国王普里阿摩斯放牧牛群。

这一天，他像往日一样，独自一人把牛群赶到一个幽深的山谷中。忽然，他感到大地震动。回头一看，见是一个飘浮在空中的身影，他立刻知道这并非凡人。来者对帕里斯说："我是神祇的使者赫耳墨斯。别害怕，马上将有三位女神来找你，她们选择你当她们的评判，要你评一评她们中谁最漂亮。宙斯吩咐你接受这个使命。"

原来，不久前海洋女仙忒提斯嫁给了人类的英雄珀琉斯，他们的婚礼遍邀各路神祇，却唯独遗忘了不和女神厄里斯。结果这位女神不请自来，在婚礼上掷给宾客一个金苹果，上面写着："送给最美的人"。结果，天后赫拉、智慧女神雅典娜和爱神阿佛洛狄忒都想竞争这只金苹果。诸神都不敢做她们的裁判，于是宙斯选定了帕里斯，一个凡人来完成这个使命。

现在，奥林匹斯圣山上的三位女神正向帕里斯款款走来。帕里斯鼓起勇气，大胆地抬起头，用目光端详面前的三位女神。她们都拥有惊人的美貌，确实不容易分出高低。

这时，三个女神中身材最高大，也是最骄傲的一个对他说："我是赫拉，宙斯的妹妹和妻子。如果你把金苹果判给我，那么你就可以统治人世间最富有的国家。”

“我是帕拉斯·雅典娜，智慧女神。”第二个女神说，“假如你判定我最美丽，那么，你将成为人类中杰出的智者。”

第三个女神没有抢着开口，但是她最美丽的眼睛却好像一直在说话，现在才带着甜甜的微笑对帕里斯说：“我会让你拥有美好的爱情，我愿把世界上最漂亮的女子送给你做妻子。我是阿佛洛狄忒，专司爱情的女神！”

爱神一边对年轻的牧人这样说着，一边抚弄着她的腰带，这个姿态越发使她显得无比诱人，另外两个女神顿时黯然失色。

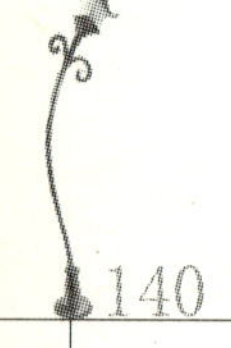

帕里斯把金苹果判给阿佛洛狄忒。赫拉和雅典娜当即愤愤而去，她们把这个裁决视为奇耻大辱，从此，这两位女神都成了特洛伊的仇敌。

劫走海伦

这之后，帕里斯仍然默默无闻地生活在爱达山上，像普通人一样结了婚。她叫俄诺涅，是个贤惠的妻子，帕里斯与她过着平静但甜蜜的生活。

有一天，国王普里阿摩斯的一个亲戚去世，照例，在殡葬仪式上要举办运动会，而这场比赛的锦标，则是一头从爱达山牧群里牵来的公牛。这头公牛正好是帕里斯最喜爱的，但他却无法阻止主人和国王把它牵走。因此，他决心要在比赛中赢回这头牛。

这是他第一次进城，没有人认识这英俊的年轻人。但是在比赛中，帕里斯表现得无比敏捷灵活，战胜了所有的对手，甚至他的亲哥哥，所向无敌的赫克托耳也败在他的手下。

最后，普里阿摩斯的女儿卡珊德拉，这个得到神祇传授，能预言未来的女孩，认出了面前的牧人正是从前被遗弃的哥哥。父母亲听说了这个消息，也高兴地拥抱失散多年的儿子。这时候，他们都忘记了这孩子出生时不祥的征兆。

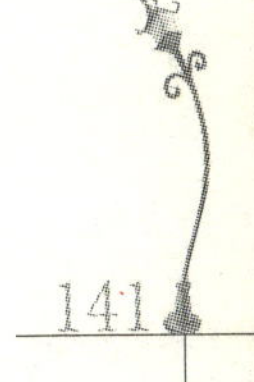

恢复王子身份之后不久，帕里斯就得到了一个任务，寻找自己的姑母赫西俄涅。

当年，大英雄赫剌克勒斯途经特洛伊的时候，从毒龙口中救了赫西俄涅。赫西俄涅和普里阿摩斯的父亲，当时的特洛伊国王拉俄墨冬本来许给赫剌克勒斯丰厚的报酬，但事后却出尔反尔。后来赫剌克勒斯攻占了特洛伊城，杀死拉俄墨冬，抢去了赫西俄涅，把她送给他的朋友忒拉蒙做妻子。

当时普里阿摩斯还是个孩子，但他一直对这场抢劫耿耿于怀，十分怀念他在远方的姐姐。过去，他曾派使节前往希腊，要求希腊人为这一事件赔罪，并放赫西俄涅回国。但是却得到了侮辱性的回应。所以，现在他派儿子率领军队渡过爱琴海，用武力达成礼节无法实现的目的。

这件事引起了激烈的争论。因为有预言说：帕里斯如果从希腊带回一名女子作为妻子，那么希腊人的报复将是摧毁特洛伊，杀死国王和他所有的儿子。但最终强硬派的意见占了上风。

于是，普里阿摩斯下令建造船只，组建军队。同时，他派出其他的儿子出使周边的王国，争取赢得他们的支持并结成同盟。

特洛伊青年投军的热情让普里阿摩斯感到欣慰，不久后，帕里斯就率领着新组建的舰队出发了。他先在距离斯巴达不远的锡西拉岛登陆，因为他想先在这里祭祀两位女神：爱神阿佛洛狄忒，月亮以及狩猎女神阿耳忒弥斯。

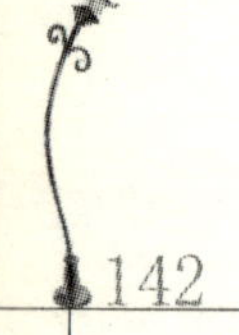

这个岛上的居民，很快把一队强大战船即将到来的消息，传到了斯巴达。此时，斯巴达王墨涅拉俄斯外出未归，国事由王后海伦主持。海伦是宙斯和勒达的女儿，是当时世界上最漂亮的女子。当初，她的美貌吸引来大批求婚的人，以致她的养父害怕得罪其他众多的求婚者，不敢把她嫁出去。幸亏伊塔刻国王奥德修斯足智多谋，他建议让所有的求婚者都发誓，将来无论如何，都要保护海伦和她的丈夫。这样，海伦才嫁给了墨涅拉俄斯。

美丽的王后海伦如今独处深宫，未免寂寞无聊，听说有一位外国王子率领舰队来到锡西拉岛，她好奇心起，想看看这位王子和他的仪仗随从。于是她也动身前往那里，当然，名义上是她要在阿耳忒弥斯神庙里隆重献祭。

海伦走进神庙时，帕里斯正好献祭完毕。他一见这艳光四射的王后，高举起来向天祈祷的双手不禁垂落下来。帕里斯几乎不能控制自己，因为他感到好像阿佛洛狄忒又出现在

自己面前。并且他立刻确信，眼前的女子，就是爱神许给他的妻子。

父亲的委托，远征的计划，对国家的责任，顷刻间都被忘得一干二净。帕里斯告诉自己，自己带领着成千上万的士兵远征的目的就是为了得到海伦。

海伦也在打量这位从亚细亚来的王子。他一头长发，身材颀长，穿着东方闪亮的金丝长袍，显得风度翩翩。她丈夫的形象顿时在她脑海中消失了。

回到斯巴达的宫中，海伦竭力想要从心中抹去那个异国王子的形象，强迫自己想念外出的丈夫墨涅拉俄斯。但正在这时，帕里斯来到斯巴达，并来王宫拜访。再次见到温柔多情的王子，海伦再也不能自持。所以，当几天后帕里斯王子煽动斯巴达士兵杀入王宫，前来劫持她的时候，海伦表面上虽然在反抗，可是心底里却是情愿跟他走的。

帕里斯离开时把斯巴达国库里的财富洗劫一空，他没有敢返回特洛伊，而是拥着海伦来到克拉纳岛。在这里，墨涅拉俄斯的轻率而薄情的妻子海伦与帕拉斯举行了隆重的婚礼。

希腊英雄的集结

不久后墨涅拉俄斯就得到了妻子被劫的消息。他怒不可遏，立刻前往迈锡尼，把事情告诉了哥哥阿伽门农。这兄弟二人都是宙斯之子坦塔罗斯的后裔，他们是珀罗普斯的孙子，

阿特柔斯的儿子。除了统治自己的国家外,他们还主宰着伯罗奔尼撒的其他王国,并且希腊的其他许多君王都是他们的盟友。

阿伽门农安慰了自己的兄弟,并答应敦促从前曾向海伦求婚的王子履行誓言,因为他们许诺过要为海伦的合法丈夫效力。兄弟两人传檄希腊各地,要求所有的王子都参加讨伐特洛伊的战争。立刻,几乎全希腊都响应阿特柔斯的儿子的号召。

只有两个国王还在犹豫不决,但偏偏他们却分别是希腊人中智勇两方面最杰出的:狡黠的奥德修斯,和所向无敌的阿喀琉斯。

墨涅拉俄斯和他的好朋友帕拉墨得斯一道前往伊塔刻,去邀请奥德修斯参战。奥德修斯此时刚刚喜获麟儿,所以不愿在这个时候为了斯巴达王后的不忠而跨海远征。但他也不便直言拒绝,所以当斯巴达国王和他的朋友前来拜访时,奥德修斯便假作癫狂,驱赶一头蹇驴耕地,并把盐当种子撒在田里。

但帕拉墨得斯一样是极其聪明的人,能洞悉一切凡人的诡计。他偷偷地溜进宫殿,抱走奥德修斯襁褓中的儿子忒勒玛科斯,把孩子放在奥德修斯面前的田地上。奥德修斯小心地提犁头绕过儿子。这一下,他装疯卖傻的把戏就败露了,只好答应听奉墨涅拉俄斯国王的调遣。

阿喀琉斯也迟迟不参加征战的原因则是母亲的阻拦。他正是海洋女神忒提斯的儿子。宙斯曾爱上过忒提斯，但命运注定，忒提斯所生的儿子将胜过他的父亲。万神之父要保持自己至高无上的地位，当然害怕有一个胜过自己的儿子出现。所以他只好放弃，转而将忒提斯嫁给了珀琉斯。珀琉斯和忒提斯的婚礼虽然遭到不和女神的打扰，引发了三个女神间金苹果的争执，但对夫妇二人并无影响，不久后便生下了阿喀琉斯。

女神母亲想使儿子也成为神人。每天夜里，她都瞒着珀琉斯把儿子放在天火之中，要把父亲遗传给他的人类成分烧掉，使他圣洁。但是有一夜，珀琉斯发现了秘密，他不知道妻子的目的，只看见儿子在烈火中抽搐，心疼得惊叫一声。忒提斯的秘密使命于是没能最终完成，阿喀琉斯的脚踵仍然是人类的。

阿喀琉斯从小在马人喀戎那里接受训练，当他九岁时，希腊的预言家卡尔卡斯指出，远在亚细亚的特洛伊城，没有珀琉斯的儿子参战是攻不下的。但是做母亲的知道，这胜利将以牺牲她儿子的生命为代价。于是忒提斯便给儿子穿上女孩的衣服，把他带到斯库洛斯岛，交给那里的国王吕科墨得斯。

吕科墨得斯以为他是个女孩，便让他跟自己的女儿们住一起。转眼阿喀琉斯已经是一个青年，他对国王的女儿得伊达弥亚情苗暗茁，便说出了自己男扮女装的秘密。两人秘密结婚，得伊达弥亚还为阿喀琉斯生了一个儿子。当然，斯库洛

斯岛上的居民对此并不知情。

现在希腊人都在焦急地寻找阿喀琉斯。忒提斯的安排，并没有瞒过预言家卡尔卡斯，他透露了他的住处。于是，希腊人便派奥德修斯和最英勇的英雄狄俄墨得斯，一道去动员他参战。

两位英雄到了斯库洛斯岛，见到国王和他的一群女儿。阿喀琉斯的相貌是如此秀美，以至于无论两位英雄眼力如何敏锐，仍然认不出哪个是男扮女装的阿喀琉斯。

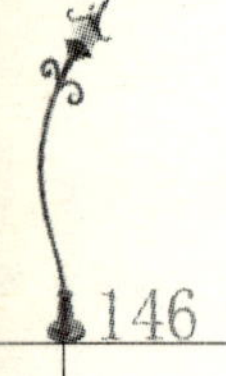

奥德修斯很快想出了一个办法，他叫人把武器放在姑娘们的闺房门口，然后传令随从吹起战斗的号角，造成有敌人进攻的假象。结果，姑娘们都惊惶地逃跑或者躲起来，只有阿喀琉斯反而抢到门口，拿起地上的长矛和盾牌准备应战。

这下他暴露了自己的身份。禁不住奥德修斯巧舌如簧的劝说，阿喀琉斯同意出征（实际上，如果不是母亲阻拦，这位英雄的本意，正是愿意上战场厮杀一番的）。当然，阿喀琉斯不会忘记喊上自己最好的朋友帕特洛克罗斯。

终于，各路英雄和他们的军队都已在奥里斯港口集合。在这里，阿伽门农被推选为联军统帅。

阿伽门农和伊菲革涅亚

等待战船集结的日子里，阿伽门农靠外出狩猎消磨时光。有一天，一头赤牝鹿进入他的射程，阿伽门农抬手一箭射中了这头漂亮的动物。他洋洋得意地夸口说，即使是狩猎女神阿耳忒弥斯本人的箭术，也不过如此了。

这头梅花鹿正是献给女神阿耳忒弥斯的祭品，阿伽门农无礼的言辞，更让女神十分生气。她让港口前风平浪静，舰船根本无法驶出奥里斯海湾，更别说远渡重洋，前往爱琴海彼岸的特洛伊了。

希腊人忧心如焚，但想不透其中缘由。有人认为特洛伊是海神波塞冬营建的，所以现在海神在保佑着它，但卡尔卡斯则很清楚其中缘由，他向众英雄分析了前因，然后说：“女神是个处女，只有处女的血能平息她的愤怒。如果阿伽门农，我们的最高统帅愿意把伊菲革涅亚献祭给阿耳忒弥斯女神，那么女神就会宽恕我们。我们就可以一帆风顺地去进攻特洛伊城了。”

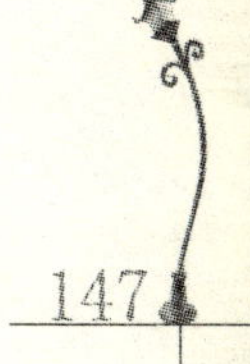

伊菲革涅亚是阿伽门农和妻子克吕泰涅斯特拉所生的女儿。阿伽门农不忍心要女儿的性命，便派人向全体参战的希腊人宣布，辞去最高统帅一职。结果这件事使希腊人军心动摇，甚至有人扬言反叛。墨涅拉俄斯急忙赶到兄长的住处，告诉他这个决定所产生的严重后果，再三敦促阿伽门农按照卡尔卡斯说的去做。终于，阿伽门农同意做这件可怕的事。

他给远在迈锡尼的妻子克吕泰涅斯特拉写了一封信，让她把女儿伊菲革涅亚送到奥里斯来。为了解释这个不合常理的举措，阿伽门农向妻子谎称：这是为了让女儿跟英雄的阿喀琉斯订婚。

丈夫找了这样一个勇冠希腊的女婿，让克吕泰涅斯特拉喜出望外，她立刻带着伊菲革涅亚赶往奥里斯的军营。但她很快就发现了残酷的真相，克吕泰涅斯特拉大声质问和指责丈夫，但这时已经无力改变他的决定。

伊菲革涅亚是一个勇敢的姑娘，她突然从母亲的怀里挣脱出来。“听我说吧！”她坦然地说，“亲爱的母亲，不要再惹你的丈夫生气了。既然战船能否出发，特洛伊能否攻陷都取决于我，我甘愿领受死亡。”

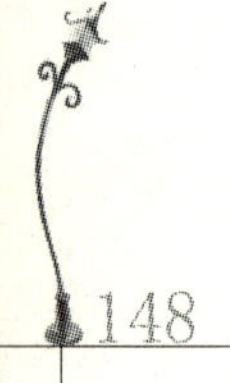

希腊所有的军队都集中在女神阿耳忒弥斯的圣林里，士兵们默默注视着这伟大的牺牲。卡尔卡斯念过祷词，举起了钢刀。大家清楚地听到他挥刀的声音。可是这时祭台上忽然烟雾弥漫，等浓雾散去，姑娘却已经踪迹不见，只有一只美丽的牝鹿在血泊中挣扎。原来阿耳忒弥斯怜悯伊菲革涅亚，将她摄走了。

“看吧，看看这里的祭品吧，”卡尔卡斯喊道，“祭坛不需要用姑娘的热血祭洒了，女神已经原谅了我们，她将使我们的船顺利地航行！”

大火燃起，献祭的鹿在火光中渐渐化为灰烬。同时，大家都感受到越来越强烈的海风。抬头向海港望去，只见船只正在海面上晃动着。震耳欲聋的欢呼声立刻爆发出来。

喜出望外的阿伽门农冲回住地，要告诉妻子这幸福的消息。但克吕泰涅斯特拉早已在回迈锡尼的路上了，她满怀仇恨，盘算着等到阿伽门农远征归来的那一天，应该给以怎样的报复。

菲罗克忒忒斯被遗弃

希腊人当天就迫不及待地扬帆起航，顺风使他们在辽阔的大海上飞快地航行。不久，他们来到卡律塞岛，在这里停泊，补充淡水和食物。

希腊军中，有一个叫菲罗克忒忒斯的英雄。当年他是赫剌克勒斯的战友，并且那位伟大的英雄临终前，把自己无敌的弓箭赠送给了他。菲罗克忒忒斯在岛上发现一座倒塌的雅典娜祭坛，这是阿耳戈英雄伊阿宋留下的遗迹。

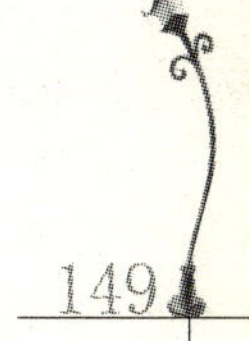

菲罗克忒忒斯是一位虔城的人，他想给这位希腊人的保护女神献祭，但是他没有注意到有一条看守圣坛的大蛇，结果脚跟上被咬了一口。他登时无法行走，被人抬回了战船。船又起航了，可是菲罗克忒忒斯的伤口却肿了起来，钻心的剧痛让他克制不住地大喊起来。

阿伽门农、墨涅拉俄斯与狡黠的奥德修斯秘密商议处置此事的办法。因为同船的士兵无法忍受菲罗克忒忒斯那化脓的伤口的恶臭，他的呼痛声也扰得人不得安宁。怨言迅速流传，人们担心受伤的菲罗克忒忒斯会在到达特洛伊之前传播瘟疫。最后，希腊人的统帅决定遗弃这位不幸的英雄。

奥德修斯执行了这个任务，趁菲罗克忒忒斯熟睡的时候，奥德修斯把他装上一条小船，划到一个叫楞诺斯的小岛上(阿耳戈船历险的时候,也曾到过这里)。奥德修斯把菲罗克忒忒斯背到一个岩洞里,留下足够的衣服和食物,便匆匆离开了。

帕里斯的归来

在希腊人的船队到达小亚细亚之前,帕里斯载着被他劫持的王后和斯巴达的财富,终于回到了特洛伊。他分给他的兄弟们这样那样的财宝,还把海伦带来的漂亮的侍女送给他们,让他们同意接受海伦,将她留在王宫里,决不还给希腊人。

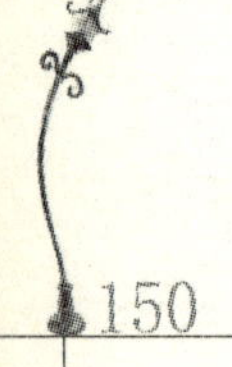

普里阿摩斯国王看到这不祥的儿媳,心情并不高兴,他立即召集儿子们和贵族,讨论海伦的去留。结果太多人抵御不住财富和美女诱惑,他们都站在帕里斯一边。

普里阿摩斯见众议如此,便又让自己的王后赫卡柏去询问海伦,是否真是自愿跟随帕里斯到这里来的。海伦说,她被抢走虽非自愿,但现在她已衷心地爱上了新丈夫,命运同他紧紧连在一起。并且,在发生这件事后,她已不可能得到前夫和希腊人的原谅。如果她真的被驱逐出去,交给希腊人处置的话,那么只有死路一条。

看着含着眼泪跪倒在自己面前的新儿媳,王后赫卡柏同情地把她扶起来,告诉她国王和所有的王子都决定保护她,准备抵抗任何攻击。

海伦就这样在特洛伊平安地住了下来。对于她的到来，人民起先相当不满，仅仅是因为老王素来很得人心，才没有口出怨言。但是人们很快渐渐地适应了，并赞美海伦的美丽和可爱。因此，希腊人的战船出现在特洛伊的海岸时，城里的居民也不再像从前那样恐惧了。

国王最强有力的儿子赫克托耳担任特洛伊全军的最高统帅，辅佐他的是达耳达尼亚人埃涅阿斯，他是国王普里阿摩斯的女婿，女神阿佛洛狄忒和特洛伊一位前辈英雄的儿子。

特洛伊的将军们计算了双方的实力对比，感到有把握对付希腊人。并且神祇中除了阿佛洛狄忒以外，还有战神阿瑞斯和太阳神阿波罗都是保佑着特洛伊的。他们寄望于这些神祇，希望凭借他们的力量守住城市，并不用多长时间，就可以击退围城的军队。

战争开始，库克诺斯国王袭击希腊人

希腊人已在特洛伊海岸登陆，扎下营房一座座连绵铺展开去，看上去也有一座城池的规模。

最初几次战役，希腊人伤亡很重，他们很快就认识到赫克托耳的神勇名不虚传。而特洛伊人也没有占到便宜，阿喀琉斯、大埃阿斯、狄俄墨得斯等英雄，也让许多特洛伊人的血洒满家乡的土地。

在特洛伊附近，有个科罗奈王国，那里的国王库克诺斯是海神波塞冬和一个女仙所生的儿子，因为他是被一只天鹅抚养长大的，因此得名为库克诺斯，也就是天鹅的意思。

看到特洛伊有了来犯之敌，库克诺斯未等普里阿摩斯求援，便主动赶来为他的邻邦和盟友助战。他的大军杀入希腊人的营地，一时间，首先遭遇他的希腊人遭到了血腥屠杀。

阿喀琉斯闻讯赶来接应。他站在神马拉动的战车上，挥舞着用珀利翁山上的巨木制成的长矛，所到之处，科罗奈人当者披靡。但是阿喀琉斯也发现，自己的同伴在敌人的统帅攻击下，也迅速变成一具具尸体。

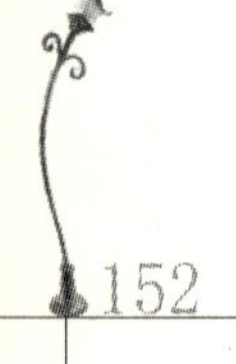

阿喀琉斯立刻迎上了库克诺斯，他大声叫喊："不管你是谁，有幸丧命在女仙忒提斯的儿子的长矛之下，你死了也应感到安慰！"说着，他投出标枪。

这一枪势大力猛，并且准确地落在波塞冬的儿子的胸膛上，但阿喀琉斯没有听见枪尖穿透肉体的声音，只听见嗒的一声，标枪跌落在地。阿喀琉斯惊奇地打量着对手，他从来也没有碰到过这样的情况。

"别奇怪，女仙的儿子，我倒也听说过你。"对方微笑着对他说，"你这一枪没有把我刺伤。我这顶盔上插着马鬃做的缨，我的盾牌是空心的，不是它们挡住你的标枪。我带着这些只是一种装饰，正如战神阿瑞斯有时也用武器装饰自己一样。我的身体如同钢铁，你要知道我不是普通仙女的儿子，你母亲忒提斯不过是涅柔斯的女儿，而我的父亲统治着海神涅柔斯和他的女儿们。瞧吧，你的面前站着海神波塞冬的儿子!”

说着,他也朝阿喀琉斯投了一矛。阿喀琉斯的盾牌是用十层牛皮制成的,外面还覆盖着青铜。结果这一矛刺穿了青铜盾面和九层牛皮，幸亏最后一层牛皮终于把矛尖挡住了。阿喀琉斯从盾中拔出长矛,又奋力投掷回去,但对方还是泰然承受,不以为意。阿喀琉斯被激怒了,他先继续投矛,然后跳下战车,挥剑朝库克诺斯狂劈猛刺。但库克诺斯钢铁般的肌肉,轻松弹回了所有这些攻击。

绝望中,阿喀琉斯抡起了他十层牛皮的盾牌,朝对方的太阳穴连续猛砸。这次进攻奏效,库克诺斯发昏了,后退几步,又绊在一块石头上,摔倒了。阿喀琉斯抢前一步,用盾牌压住他,双膝抵住他的胸口,将他勒死了。但是,当珀琉斯的儿子想剥下这个刀枪不入的敌人的甲胄的时候,却发现里面空无一物,原来库克诺斯已经变成了天鹅。

科罗奈人一向把他们的国王视为不可战胜的神祇,见他被杀死,顿时斗志全消,四下逃窜。

帕拉墨得斯之死

这场重大胜利之后,希腊人由于内部的矛盾,却损失了一名见识卓绝的优秀英雄,那就是帕拉墨得斯。

帕拉墨得斯是海神波塞冬的儿子,他为人勤恳、聪明、正直、坚定，而且相貌俊美，歌声动听，是一个非常受欢迎的人。他发明了灯塔，发明了测量长度、容积、重量的工具，也发明了象棋、色子这些玩乐的东西。全希腊有如此多的王子加入远征的特洛伊的队伍，很大程度上正是他出众的辩才的功劳。但是，奥德修斯却嫉恨帕拉墨得斯，时刻想着要报复他，因为自己装疯卖傻的诡计被他识破。

这一天，奥德修斯偷偷溜进帕拉墨得斯的营帐内，将一笔黄金埋在那里。然后，他又伪造了一封普里阿摩斯国王写给帕拉墨得斯的信。信中谈到，因为感谢帕拉墨得斯出卖希腊人的军事秘密给特洛伊，所以重金相酬。

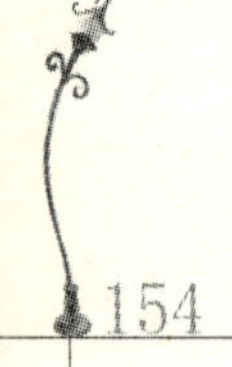

然后，奥德修斯假装从俘虏手中发现了这封信，把信拿到希腊王子们的会议上公布。英雄们都被叛卖的行径激怒了，他们找来帕拉墨得斯，搜查了他的住处，结果，床下的黄金给挖出来了。

由于奥德修斯的煽风点火，谁也没有仔细推想事情的真相，他们的判决是，将帕拉墨得斯用乱石打死。

帕拉墨得斯知道自己是被奥德修斯陷害了，但是却拿不出证据来辩诬。最后他只是说："啊，希腊人啊，你们将杀死一只最纯洁，最智慧，歌声最美的夜莺！"

帕拉墨得斯就这样死在纷飞的乱石下。但是这一切没有瞒过正义女神的眼睛，她决定惩罚希腊人尤其是奥德修斯，使他们遭到灾难。

阿喀琉斯的愤怒

战争持续下去，九年光阴在战火中消逝。希腊人和特洛伊的对峙转眼进入第十个年头，连天上的神祇也介入了人间的这场纷争。伟大的盲诗人荷马，他的史诗《伊利亚特》讲的就是第十年战争中的故事。

在一次战役中，阿喀琉斯带回来大批的俘虏，其中包括阿波罗神庙的祭司克律塞斯的女儿。在分配战利品的时候，希腊人的主帅阿伽门农得到了这个女孩。克律塞斯想要赎回自己的女儿，于是他带上丰厚的礼品，来到希腊军中。

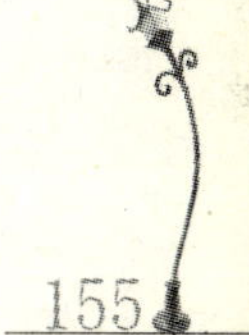

"阿特柔斯的儿子们和希腊的王子们，让天上的神明保佑你们攻占特洛伊，然后顺利还乡。看在太阳神阿波罗的分上，请接受我带来的赎金，把我的女儿交给我吧，我是阿波罗的祭司，我将衷心为你们祝福!"老人这样说。

士兵们听到这番话，都认为是一个合理的要求，便鼓起掌来。但国王阿伽门农却不愿意失去美丽的女奴，他蛮横地拒绝了老人的请求，把他赶走了。

被侮辱的老人来到海岸上，向天举起双手，祈求阿波罗惩罚不义的希腊人。阿波罗确实被希腊人激怒了，这位神明脸色阴沉地来到希腊人的军营上空，把他的金箭雨点般地射下去。凡是被这看不见的箭射中的，都很快染上瘟疫，悲惨地死去。

希腊人害怕了，他们召集会议，希望能弄清是什么触怒了阿波罗，并找到办法平息太阳神的怒火。

又是预言家卡尔卡斯洞悉了真相，但是他不敢直说，而是先请求阿喀琉斯保护他不受伤害。得到英勇的珀琉斯的儿子的保证后，他终于开口了："阿波罗之所以发怒，是因为阿伽门农凌侮他的祭司。如果我们不把他的女儿还给他，阿波罗就不会善罢甘休，他将继续给我们降下灾难。"

阿伽门农果然被预言家的话激怒了，他起先拒绝让步，后来终于同意放弃祭司的女儿，但要求补偿，即要某一位英雄把自己的女仆转让给他。

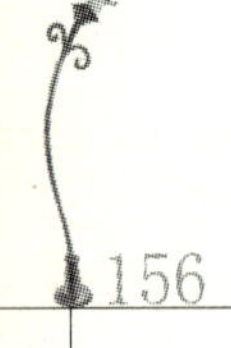

他话音刚落，阿喀琉斯回答说："阿特柔斯的伟大的儿子，我们这些年来征战所获得的战利品早就分光了，现在不能把已属于个人的东西再要回来。把那个祭司的女儿还给他吧！如果宙斯保佑我们征服特洛伊，那时我们愿意三倍、四倍地补偿给你！"

但阿伽门农仍然坚持自己的要求，阿喀琉斯忍不住痛斥他贪得无厌。这样不逊的态度和尖锐的指责，使得阿伽门农干脆把矛头指向了他。这位希腊人的统帅点名索要阿喀琉斯心爱的女仆布里塞伊斯。

易冲动的阿喀琉斯也暴躁起来，他几乎忍不住要拔出剑来杀死阿特柔斯的儿子，但这时女神雅典娜隐身出现在他的身后，轻声告诉他暂且忍耐。

于是阿喀琉斯强压怒火，向阿伽门农吼道："你这个卑鄙的人，你从来也没有在战场上同希腊最高尚的英雄们一起浴血杀敌。当然，在自己的军营里抢夺别人的战利品，那是一件很舒服的事！我指着我的权杖对你发誓：正如它不能再生出新叶来一样，我也不会再到战场上拼杀了！当凶狠的赫克托耳像割草一样屠杀希腊人时，你也休想我来救你。你只能空自后悔，不该冒犯了我的尊严！”

忒提斯请求宙斯

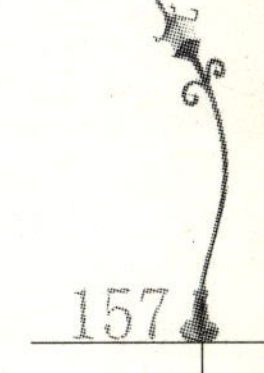

散会后，阿伽门农命令奥德修斯带着克律塞斯的女儿前往阿波罗神庙。然后，另外派人到阿喀琉斯的营房里去取可爱的女仆布里塞伊斯。

这两个使者来到阿喀琉斯的营帐门口，远远看见这英雄伟岸的身影，便吓得不敢上前。但阿喀琉斯已经猜到了他们的来意，便说：“你们不必犯愁，这不怪你们，这是阿伽门农的过错！帕特洛克罗斯，”他呼唤自己最亲密的朋友，“快把姑娘请出来，交给他们带回去！”

使者把姑娘带走后，阿喀琉斯独自坐在海岸上，虎目含泪，注视着深蓝色的海水，呼喊着母亲忒提斯帮助。

果然，从大海深处传来了海洋女仙的声音：“唉，我的孩子，你的生命是如此短暂，却还要忍受这么多的痛苦和屈辱！我将去找掌握雷电的万神之父，请他帮助你。现在你暂且就留在战船附近，不要理睬战场上的生死成败。”

安慰过儿子，忒提斯果然来到奥林匹斯圣山。在这里，宙斯坐在雄伟的高山之顶，远远凌驾在诸神之上。忒提斯上前，左手抱住他的双膝，右手抚摸他的下巴，说：“父亲哟[①]，假使您还记得我曾经在口头和行动上侍奉过您，那么请准许我的祈求：看顾我的儿子吧。阿伽门农肆意地侮辱了他。因此我祈求您，万神之父，把胜利赐给特洛伊，直到希腊人把荣誉重新还给我的儿子为止！”

宙斯听到她的话，只是一动不动地沉默着。忒提斯更亲热地抱着他的双膝，低声说：“父亲，答应我，或者干脆拒绝我，让我知道在诸神中你对我是最不中意的！”

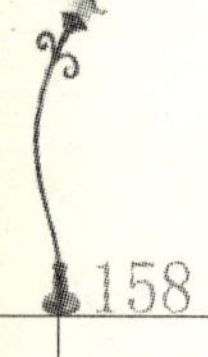

这样的情态让这位万神之父心软了下来。宙斯用不高兴的声音回答说：“这样做并不妙，你是逼着我跟神祇之母赫拉作对。快走吧，别让她看到你！我已经点头了，算是对你的回答。”说是点头，实际上宙斯只是垂了下眉毛示意而已。但整个奥林匹斯圣山，已经因此震动起来。忒提斯心满意足地回到大海里。

帕里斯和墨涅拉俄斯

归还阿波罗的祭司的女儿后，太阳神果然息怒了。尽管此时最伟大的英雄离开了战场，但瘟疫消退，还是让希腊方

---

① 这么说是因为宙斯万神之父的地位，并非忒提斯真是他所生的女儿。

面军心大振。他们全都按家族和部落摆好阵势，再次向特洛伊城发起攻击。特洛伊人也不示弱，只见烟尘飞扬，他们的军队涌出城门，排开阵势。

两军剑拔弩张，即将开始战斗。忽然，特洛伊阵中，跳出了王子帕里斯，他身披豹皮，背弓佩剑，手舞两根长矛，要向希腊人中最勇敢的人单独叫阵。墨涅拉俄斯一看是他，兴奋得如同一头发现羚羊和牝鹿的饿狮。他跳下战车，迎上这个拐走他妻子的贼徒。

面对如此威武的对手，帕里斯不由得胆寒，不由自主地退缩回队伍里。赫克托耳看到他如此怯懦，愤怒得大叫："兄弟，你空有一副英雄的皮囊，内心里却像个女人。你没有看到希腊人如何嘲笑你吗？拐骗女人之外，你什么也不会。"

帕里斯被这话激起了斗志，他回答说："赫克托耳，诚然你是伟大的英雄，但你不应该嘲笑我的美貌，因为它一样是神祇的恩赐。你想要我决斗，那么请特洛伊人和希腊人全放下武器。我愿意同墨涅拉俄斯一决胜负，谁胜了，谁就拥有海伦和她的财宝。这样，特洛伊人就可以和平地耕种自己的土地，而希腊人也可以乘船返回自己的故乡。"

赫克托耳没想到兄弟能说出这样一番话来，他高兴地站出来，大声宣布他兄弟的话。早日结束这场不幸的战争，正是所有人的心愿，于是双方的英雄和士兵们都愉快地接受了这个提议。驾车的人都勒住马头，英雄们跳下车，脱下沉重的盔甲，放在地上。赫克托耳和阿伽门农都派使者去取来活羊，准备祭祀神明，以证明这个协定是神圣有效的。

帕里斯和墨涅拉俄斯将决斗以决定海伦的归属，这个消息迅速传遍了特洛伊城内，海伦也听到了消息，她马上戴上银白色的面纱，前往城头观战。国王普里阿摩斯和几个德高望重的特洛伊元老正坐在那里，老人们看见海伦走来，也不禁震惊于她超凡绝俗的美丽，他们这样低声感叹道："难怪希腊人与特洛伊人为这个女人争斗了多年，她看上去，不正像一位女神吗？不过不管她多美丽，还是让她回到希腊人的船上去，免得贻祸我们的子孙。"

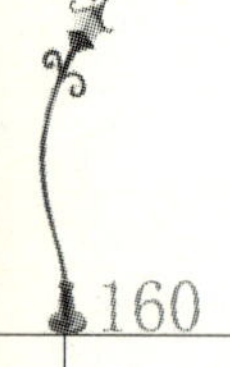

祭祀用的绵羊已经准备好，普里阿摩斯走下城楼，和阿伽门农沥酒于地，歃血为盟："宙斯和所有永生的神祇：如果我们中间有人违背誓言，那么他和子孙们的血，将像杯中的酒一样流在地上！"

决斗开始了。花花公子帕里斯率先投出了他的长矛，矛尖在墨涅拉俄斯的盾牌上撞成了一只弯钩。墨涅拉俄斯举起长矛，大声祈祷："宙斯呀，请允许我惩罚侮辱我的人！并让人们从此不敢伤害款待他的主人。"长矛带着劲风飞出，矛尖穿透帕里斯的盾牌，扎入盔甲，划破了他的紧身衣，但没有令他受伤。墨涅拉俄斯再接再厉，拔出佩剑砍向对方的头盔，只听当的一声，宝剑却折断了。

失去了武器的墨涅拉俄斯即使徒手也要置对方于死地。他扑过去抓住帕里斯的战盔，把他拖倒在地，转身朝希腊人的阵地奔去。本来这一定可以令帕里斯窒息而死，但是帕里

斯的保护神阿佛洛狄忒暗中为他割断了盔带,然后降下一片浓雾,把他带回特洛伊城。墨涅拉俄斯手里只抓了一顶空空的头盔。

特洛伊人和希腊人在战场上都寻不见帕里斯的踪迹。于是阿伽门农大声宣布:“墨涅拉俄斯是胜利者! 特洛伊人,现在请你们交出海伦和她的财宝,从此永远向我们纳贡!”

希腊军队欢呼起来,特洛伊人却沉默着。

特洛伊人违背盟约

神祇们聚集在奥林匹斯圣山上, 他们俯视着特洛伊城。现在,宙斯和赫拉决定毁灭这座城。雅典娜奉命前去特洛伊战场,怂恿特洛伊人破坏誓约,并侮辱正在庆祝胜利的希腊人。

雅典娜女神变成普通人的样子, 混在特洛伊的军队当中,她对身边的人说:“现在正是建立功业的时候,让特洛伊人永远感激你,特别是帕里斯!你看,墨涅拉俄斯站在那里,趾高气扬的样子多么可憎可恼!为什么不射他一支冷箭?”

女神的话使一个愚蠢的射手动了心。他拿起弓,拉紧弓弦,嗖的一声向对方射去。他瞄得很准,但是雅典娜不允许这一箭致命。她引导箭镞射中墨涅拉俄斯的腰带,透过皮革和铠甲之后,这一箭已经没有力量,只是浅浅地刺进肉里,令鲜血从伤口里涌出来。

阿伽门农和伙伴们惊慌地围过来。“他们想将你害死。”希腊人的统帅叫道，“如果我失去了你，我的兄弟，我会多么悲痛啊。”

“请放心，我的腰带保全了我。”墨涅拉俄斯安慰他的统帅和兄长。

当希腊的英雄们忙于照顾受伤的墨涅拉俄斯的时候，特洛伊的士兵已冲了过来。希腊人急忙拿起武器反击。神祇们也在呼唤，战神阿瑞斯鼓励特洛伊人奋勇前进，帕拉斯·雅典娜则煽起希腊人复仇的怒火。

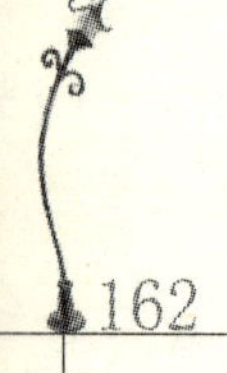

这一场恶战里，双方都损失了许多著名的英雄，但最终还是希腊人占了上风。虽然他们最伟大的英雄阿喀琉斯不在战场上，但是他们还拥有两位十分骁勇善战的英雄，像巨人一样的忒拉蒙之子大埃阿斯，和堤丢斯的儿子狄俄墨得斯。

并且，宙斯尽管答应忒提斯帮助她的儿子赢回荣誉，但是他并不着急，这一天，这位万神之父站在希腊人这一边。

赫克托耳在特洛伊城

特洛伊人败退回城。一进城，赫克托耳就被特洛伊的妇女们团团围住，她们不安地向他打听自己丈夫、儿子、兄弟以及亲友的消息。他无法一一回答，只是要求她们向神祇祈祷。但还是有很多人从他那里听到了自己不敢面对的消息。

不一会，他来到父亲的宫中。在这里赫克托耳遇到了他的善良的母亲赫卡柏。赫克托耳安慰了年迈的母亲，让她请求神祇庇佑特洛伊城。然后他就来到帕里斯的宫殿。

赫克托耳大声斥责他的兄弟："你怎么忍心躲在这里舒心享受？城里这么多人因为你都在城外作战。来吧，趁着城市还没有被敌人毁灭，一起来捍卫我们的城！"

帕里斯回答说："你说得有道理，兄弟。刚才海伦鼓励我，要我重上战场。你先去吧，我随后就来！"

海伦惭愧地看着赫克托耳："我宁愿在我跟帕里斯来到这里之前就葬身大海！我带来了多少灾难啊！我很希望我的丈夫此刻能够勇敢一些，记住自己所受的羞辱和唾骂，可是他只是个懦夫。而你赫克托耳，我的兄长，进来吧，歇息片刻，为了我和我的丈夫，你辛苦了！"

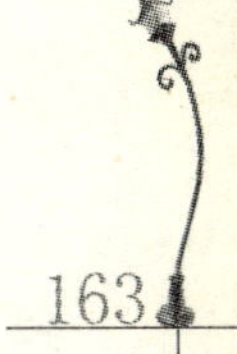

海伦的态度让赫克托耳温和了，但是他没有留下休息，他急于去见自己的妻子安德洛玛刻，和年幼的儿子阿斯提阿那克斯。

在自己房里，赫克托耳没有看到妻子。女仆告诉他："一听说希腊人取得胜利，她就离开了宫殿，想爬到城楼上去。她心里焦急得不能控制自己了。"

赫克托耳急忙奔回特洛伊的大街上，在城门口，他和妻子迎面相遇，跟在她后面的女佣怀里抱着一个男孩。

父亲对儿子默默地微笑，安德洛玛刻却饱含着眼泪，温柔地握住丈夫的手。她说："我有一种预感，我亲爱的丈夫，你将死于你的勇敢。难道你不可怜你的幼儿，也不可怜你的即将成为寡妇的妻子吗?这十年来,我的亲人先后都被希腊人杀死了。除了你以外,赫克托耳,我什么也没有了。你不但是我的丈夫,也是我的父亲、母亲和兄弟。你还是留在这坚厚的城墙里吧!"

"亲爱的,所有这些也令我痛苦。不过,我如果在这里作壁上观,我会愧对特洛伊的乡亲父老。"赫克托耳温和而坚定地回答妻子,"我在内心总是有个声音,命令我到最激烈的战场上去。如果我不去作战,那么特洛伊城将沦为丘墟,普里阿摩斯和他的人民也将失去幸福的生活;而更使我感到难过的是你将受到的痛苦,希腊人将把你抢了去,做他们的女奴,你无助地流泪,从此看到你的人都会说:'这就是赫克托耳的妻子!'想到这一切,我怎么能不在战场上尽我的职责呢。"

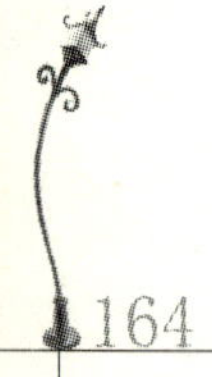

他一面说,一面想把孩子从女仆手里接过来,但孩子却哭着贴在女仆的胸前,因为他对父亲的一身戎装感到害怕。赫克托耳于是脱下头盔放在地上,然后吻了吻可爱的儿子。

他把儿子抱起,仰望苍天:"宙斯和诸位神祇!让我的儿子跟我一样,成为特洛伊人的榜样吧!人民终有一天会说:'他比他的父亲更勇敢!'让他的母亲也为他感到高兴!"

说着,他把儿子交还给妻子,让她接受命运,自己则准备重新投入战斗。安德洛玛刻朝宫中走去,一路频频回头,眼泪流过她美丽的面颊。

"我劳你久等了,"这时帕里斯带着自己的弓箭赶到了,他大声地说,"我来迟了。"

赫克托耳却亲切地回答说："好兄弟，我不能不说你是一个勇敢的战士。虽然你常常落后，但你总算自愿回来了。听到人们鄙夷地议论你时，我就感到痛心。好吧，我们以后再说这件事，现在让我们首先把希腊人赶出特洛伊。"

赫克托耳和埃阿斯决战

赫克托耳重回战场，他威严的气概，使得双方的士兵都安静下来，赫克托耳朗声说道："特洛伊和希腊的士兵们，我们不久前缔结的和约没有获得宙斯的赞同，现在我们只有作战直到一方毁灭。那么，谁有胆量跟我单打独斗，请他站出来。我请宙斯在这里作证：如果我死于对手的长矛之下，他可以剥取我的铠甲作为战利品，但请把我的尸体归还特洛伊，让它在家乡得到隆重的安葬；如果阿波罗赋予我荣誉，我也将把对手的盔甲剥下来，挂在特洛伊的雅典娜神庙里。当然，死者仍属于他的亲人和战友，请为他立起墓碑让后人凭吊：瞧吧，这里是一位英雄，他是被天神一般的赫克托耳杀死的！"

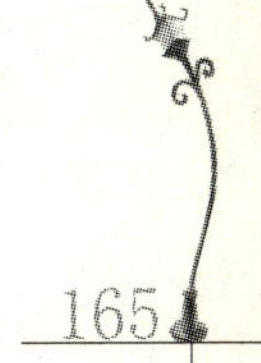

希腊人沉默了，拒绝挑战是耻辱，可是谁又敢冒然迎战神勇的赫克托耳？只有刚与帕里斯决斗过一场的墨涅拉俄斯站了起来，他斥责同胞胆怯，然后紧束铠甲，准备上前。但其他希腊王子立刻把他拖回，阿伽门农握住他的手说："兄弟，你疯了吗？连阿喀琉斯在战场上见到他也不敢稍有大意。"

墨涅拉俄斯只是一时奋血气之勇，他也自知不是赫克托耳的对手，于是退缩了。这时，希腊人中最年长的英雄涅斯托耳（已经有三百岁）感叹道："如果我还年轻，还跟当年一样强壮，赫克托耳马上就会找到自己的对手的！"

这话激起了年轻的英雄们的斗志，立刻有九个英雄跳出来要与赫克托耳放对。最终，成为这位特洛伊第一英雄的对手的，是忒拉蒙的儿子大埃阿斯。

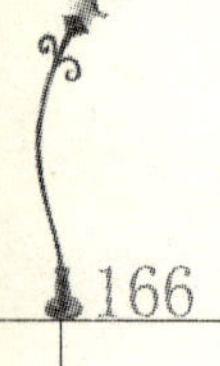

埃阿斯还没出生的时候，就得到过最伟大的英雄赫剌克勒斯的祝福。在之前的战争中，他取得的胜利几乎和阿喀琉斯一样多。现在，他束紧金光灿烂的铠甲，大步走向赫克托耳，粗大的长矛在他手中挥舞，连威风凛凛的赫克托耳也感到巨大的压迫感，好像自己面对的正是战神阿瑞斯本人。

埃阿斯说："赫克托耳，现在你该知道，希腊人中的英雄，不仅是珀琉斯的狮心儿子。好，让我们交手吧！"

两位英雄各自投出了他们的矛，然后又用石头互相攻击。埃阿斯力量更大，占据上风，但是赫克托耳也频频还击。最后，两个人又拔出剑来，准备短兵相接，进行最后的决战。双方的使者匆忙走上前来，举起棍棒隔开了杀得性起的两位英雄。

"别再斗了，"特洛伊的使者叫道，"你们两个都是勇者，是宙斯喜爱的人，这是有目共睹的。现在天色已晚，请听从黑夜的命令停战吧！"

两位英雄都同意今天的决斗到此为止。赫克托耳说："埃阿斯,让我们互换礼物作为纪念,让特洛伊人和希腊人将来有理由说:‘你们瞧,他们在战场是仇敌,离别时却惺惺相惜!’”

说着,赫克托耳就把自己的银柄的剑赠给对方,埃阿斯解下他的紫金腰带送给赫克托耳。

特洛伊人的胜利

第二天双方休战,各自收拾战场上的尸体带回去火化。但到了第三天清晨,宙斯突然改变了主意。

“你们听着,今天有谁胆敢帮助特洛伊人或者希腊人,我就把他扔入深不见底的塔耳塔洛斯地狱。如果有谁怀疑我是否有力量做到这一点,那么你们不妨试一试:用一根金链锁住天宫,然后一齐用力拉,看看是否能把我拉到地上。相反,你们连同大地、海洋加在一起,我可以一并提上来,挂在奥林匹斯圣山上,让大地永远悬在半空。”

神祇们都不敢违背万神之父威严的命令。宙斯坐在高高的山顶上,鸟瞰特洛伊城和希腊人的营房。士兵们正在忙碌,特洛伊方面人数较少,可是他们有更激昂的斗志,因为他们明白,战争的胜负关系着他们父母妻儿的安危。

城门大开,特洛伊的军队呐喊冲杀出来。整个上午,战局呈现胶着,但日至中天的时候,宙斯将两个象征死亡的砝码放在黄金天平的两端,结果特洛伊人的一边高高向天空举起，而希腊人的命运则沉了下去。

特洛伊人的死敌赫拉看到这一切，忧心如焚，想说服海神波塞冬去援救希腊人，但即使是这位海洋的统治者，也不敢违抗更强有力的兄长的意志。希腊人溃不成军，纷纷逃回营地，躲进战船。如果不是赫拉重新鼓舞阿伽门农的勇气，让他重整军队，这一天希腊人的战船都将被赫克托耳率领下的特洛伊人付之一炬。

赫拉对雅典娜说："希腊人危险了，难道我们就眼睁睁看着赫克托耳这样大肆屠杀他们吗？"

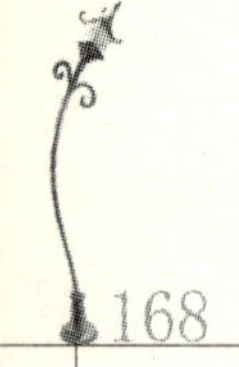

"我的父亲很残忍，"雅典娜回答说，"他忘记了我从前是如何援救他的儿子赫剌克勒斯的。现在忒提斯用她的温柔和撒娇赢得了他的欢心，一看见我他就厌烦。但我想事情不会永远都是这样，让我们再去试试劝说他！"

但是宙斯早就预见到两位女神会来，他命令神使伊里斯[①]把赫拉和雅典娜的马车阻挡在奥林匹斯山的大门之外。随即宙斯驾着电光闪耀，雷声轰鸣的金车驶来，他对妻子和女儿的恳求置若罔闻。"明天特洛伊人将取得更大的胜利。"他对赫拉说，"强大的赫克托耳将把希腊人逼入绝境，这时受尽凌辱的阿喀琉斯将重新出战，这就是命运女神的安排！"

---

① 赫拉的婢女，名字的意思是"虹"。

希腊人去见阿喀琉斯

在希腊人的军营里，阿伽门农已经意识到自己的错误，他决定把布里塞伊斯还给阿喀琉斯，并送上骏马珍宝，以及七个从勒斯波岛抢来的漂亮姑娘。此外，阿伽门农还做了许多许诺，一旦攻陷特洛伊，分配战利品时阿喀琉斯可以得到的更多。

派去见阿喀琉斯赔罪的使者，是经过精心挑选的。领头的是阿喀琉斯昔日的老师福尼克斯，勇猛的大埃阿斯和足智多谋的奥德修斯也在其列。他们来到阿喀琉斯的营房，看见这位伟大的英雄正在弹一架精致的竖琴，他在歌唱古代英雄战场上的荣光。

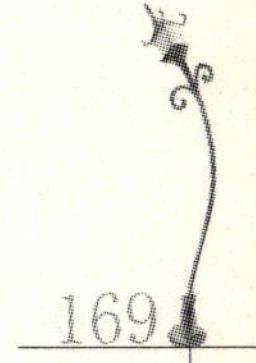

阿喀琉斯热情地接待了来宾，和他形影不离的好朋友帕特洛克罗斯拿出美酒肥羊，请几位英雄开怀畅饮。但是一说到要为希腊人出战，珀琉斯的儿子脸却板了起来。

“我恨阿伽门农，就像恨地狱的大门一样。无论是谁都不能改变我的心意，我不会重新回到希腊人的队伍里。我曾经浴血沙场，只为了替那个不知感恩的人夺回一个女人。我把夺来的战利品全部献给了阿特柔斯的儿子，结果他贪得无厌，把大部分中饱私囊，战士们却所获无几。他甚至夺走了我最心爱的女人。因此，三天以后我希望我就能重返故乡。阿伽门农已欺骗了我一次，我不会第二次上当了！你们回去吧，把

我的意思告诉那个国王。”

无论英雄们怎样劝说，都不能使阿喀琉斯回心转意。最后埃阿斯站起来说：“奥德修斯，我们走吧！友情不能打动阿喀琉斯，他是个无法和解的人！”于是使者都站起来，失望地离开了阿喀琉斯的营帐。

希腊人第二次溃败

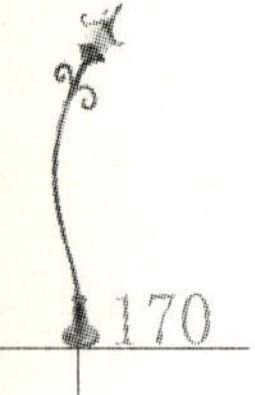

次日清晨，希腊人准备对紧逼在围墙之外的特洛伊人发动一次反击。阿伽门农一身华丽的铠甲，亲自率先冲阵，并枪挑了几个特洛伊的英雄。但是他过于冒进，陷入了特洛伊人的重围之中。奋力杀死几个敌人之后，阿伽门农手臂受伤，感到钻心一般的疼痛，不得不跳下战车，离开了战场。

另一位希腊人中最重要的英雄，在之前的战争中表现得无比英勇的狄俄墨得斯也不幸负了伤。隐藏在阴暗处的特洛伊王子帕里斯向他射出一支冷箭。帕里斯在面对面的交战中是个懦夫，但箭法却是十分精准的，这一箭正中狄俄墨得斯脚踝。狄俄墨得斯也只有在战友的掩护下撤退了。

狡猾的奥德修斯也被特洛伊人团团围住，这时他的计谋没有一条用得上了，只有靠勇敢拯救自己。他感到自己像一头愤怒的野猪，周围则到处都是猎人和疯狂逼近的猎犬。他杀死了六个特洛伊人，但他自己的盾牌也被刺穿，肋骨那里中了一矛。

幸亏这时墨涅拉俄斯和大埃阿斯赶到了。特洛伊人看到埃阿斯的盾牌，想到这是一个能够与赫克托耳决斗的人，都害怕得发抖。墨涅拉俄斯乘机抓住奥德修斯的手，拉着他撤退。埃阿斯则继续冲向特洛伊人，他一个人的气势，就好像秋天爆发的山洪，特洛伊人好像浊浪中的枯枝败叶一样，被他冲击得仓皇奔逃。

赫克托耳在战场的另一侧，所到之处，希腊人无不望风披靡。激烈的鏖战中，宙斯亲自保护赫克托耳，使他不为流矢伤害。终于，赫克托耳注意埃阿斯对特洛伊人的压制，便去援救自己的同伴，但是避免和埃阿斯本人交锋。同时，万神之父也让埃阿斯的心生恐惧，他便背起盾牌，且战且退。

特洛伊人看见埃阿斯逃跑，便纷纷朝他围拢来，乱掷长矛和投枪。可是，只要这巨人一样的忒拉蒙的儿子转过身来，他们又惊惧地逃开。

但这个孤军奋战的英雄已经不足以挽回大局。特洛伊人在赫克托耳的指挥下突破了希腊人的围墙，向他们的战船杀来，并打算放火烧船。

如果特洛伊人真能做到这一点，那所有的希腊人都只有客死异乡了，因为他们不能靠双腿走过大海。埃阿斯只有奋起最后的神勇，拼命挡住特洛伊人的进攻。现在，这个从来不知疲倦的巨人开始喘息起来，敌人的箭和矛射在他的战盔上丁当作响，他那扛着大盾的臂膀已经麻木。埃阿斯浑身淌着汗，但他不能再后退一步。

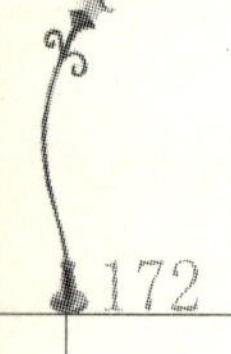

帕特洛克罗斯之死

阿喀琉斯静静地坐在船尾，冷漠地看着特洛伊人追杀他的同胞。但是他忽然把帕特洛克罗斯叫到跟前，说："去吧，跟年迈的涅斯托耳问一下，他从战场上带回的伤员是谁。不知为什么，突然对希腊人心生怜悯。"

帕特洛克罗斯早就对战局忧心如焚，他立刻去找到那位因伤撤出战场的老人。涅斯托耳感慨地说："阿喀琉斯为什么还关心希腊人呢？实际上所有最英勇的英雄都受伤躺在船上。狄俄墨得斯中箭，奥德修斯和阿伽门农都受了枪伤，还有这位我刚刚带回来的神医马哈翁——我们都知道，一个会治愈箭伤的人胜过一百个人——也受了伤。可是阿喀琉斯是无情的，就让他最后一个人站在希腊船舰的灰烬和希腊人的鲜血汇成的海洋中吧！"

帕特洛克罗斯冲回好朋友的营房，阿喀琉斯看见他已经哭得泪流满面。

"帕特洛克罗斯，你哭得像个小姑娘一样。"珀琉斯的儿子同情地望着他说，"为什么呢？我知道我们的父亲都还健在，这应该不是你哭泣的理由。或者你是在为希腊人的命运悲哀？这悲剧完全是他们自己造成的。总之，你有什么心事，请一定告诉我吧。"

帕特洛克罗斯叹了一口气，终于说道："高贵的英雄，请

不要生气，的确如你所料，希腊人的不幸如同巨石一样压在我的心上！”

帕特洛克罗斯再次恳求阿喀琉斯出战，但是他仍然拒绝了。最后帕特洛克罗斯说：“你的父母不是珀琉斯和忒提斯，你不是人类和神祇的儿子，你只能是冰冷的大海或是顽石所生，所以你的心肠如此冷酷！好吧，如果你不能亲自去，那么至少应该让我和你的战士们上阵。把你的铠甲借给我，穿上它后，我也许能吓特洛伊人一跳。我希望这可以为希腊人赢得恢复的时间！”

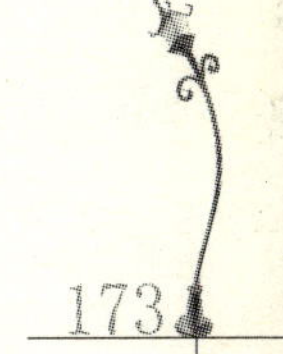

阿喀琉斯其实心已经软了，所以他同意了这个建议。但是他提醒帕特洛克罗斯应该避免碰上赫克托耳，“保住船舰后你就马上回来，让其余的人留在战场上厮杀吧！”珀琉斯的儿子说，“我希望所有的希腊人都毁灭，只剩下我们两个，让我们独自去征服特洛伊城！”

听到阿喀琉斯同意借给自己武器，帕特洛克罗斯一阵大喜。他急忙穿上阿喀琉斯的胫甲、胸甲和头盔。只有长矛还是用自己的，因为阿喀琉斯的长矛是用佩利翁山上的整棵梣树削成的，除了他本人外，没有其他的英雄能舞得动。

战船附近的厮杀已经到了生死关头，赫克托耳一剑劈下，埃阿斯的矛尖被斩落在地上。埃阿斯意识到，这是神祇在与希腊人作对，他绝望地后退。赫克托耳乘机往船上扔了一个大火把，眨眼之间，船尾就燃起了熊熊的火焰。

正在埃阿斯几乎放弃抵抗的时候，忽然特洛伊人一阵大乱。他们惊呼着，身体颤抖，四下逃散，因为他们以为阿喀琉斯已经重返战场。

实际上，来的是帕特洛克罗斯。他趁着特洛伊人心怀恐惧，向敌人最密集的地方杀去，而且他倚仗的并非仅仅是阿喀琉斯的威风，帕特洛克罗斯抖动着长矛，一个又一个特洛伊英雄被他刺倒在地。

赫克托耳是身经百战的老将，能够根据战局瞬间的变化决定策略。这位英雄看出今天已经不能达到烧毁战船的目标，继续在这里打下去有被希腊人合围的危险。所以他赶紧指挥战友们撤退，同时自己仍坚定地留在战场上，希望挡住希腊人的追击。但希腊人反击的势头越来越猛，他终于不得不掉转车头，驱马跃过壕沟。

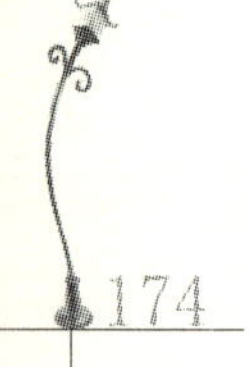

这时帕特洛克罗斯已经杀得性起，他忘了阿喀琉斯对他的叮嘱，反而催动阿喀琉斯借给他的神马拖动的战车，紧紧追赶赫克托耳。一路上，看见特洛伊人他就一矛刺死。转眼之间，他已经追到了特洛伊城下。如果不是阿波罗站到坚固的城楼上保护特洛伊人，帕特洛克罗斯也许真的会独自一人攻下特洛伊城。

同时，阿波罗也重新鼓舞了赫克托耳的勇气，让他拨转马头，再次杀向希腊人，一直朝帕特洛克罗斯扑去。

帕特洛克罗斯先下手为强，杀死了赫克托耳的御手，迫使特洛伊人的英雄不得不跳下战车。但是死神已经准备取走他的灵魂，因为此刻福玻斯·阿波罗已经亲自出来作战。太阳

神隐身在浓雾中，帕特洛克罗斯看不见他，结果被他用手掌在背上打了一下。帕特洛克罗斯立刻一阵眩晕，战盔也掉落到地上。

说时迟那时快，赫克托耳一矛刺进帕特洛克罗斯的腹部，矛尖一直从背上透了出来。赫克托耳叫道：“你想把我们的城市变成废墟，把我们的妇女抢走，用船运回希腊去当奴隶！现在，我至少将这个不祥的日子往后推迟了！”

阿喀琉斯重返战场

阿喀琉斯仍然坐在战船前，帕特洛克罗斯走后他就感到不安。现在，他看到希腊人从远处奔来，心中立刻升起一种不祥的预感。

“唉，我们的帕特洛克罗斯已经阵亡。”传回来的果然是噩耗，“赫克托耳剥去了他的铠甲，现在双方正在争夺他那赤裸的尸体。”

阿喀琉斯只觉眼前一阵发黑，然后他就大哭起来。看见他痛苦的样子，人们都担心阿喀琉斯会突然拔出剑来寻短见。

大海深处的忒提斯也听到了儿子的哭声，分开波涛，她来到阿喀琉斯面前。“孩子，你有什么痛苦呢？”母亲大声问他，“希腊人不是已经向你承认错误，哀求你出战了吗？”

阿喀琉斯叹息着说：“母亲，这一切对我还有什么意义呢?我最亲密的战友帕特洛克罗斯被敌人杀死了。如果我不能用长矛刺死赫克托耳,那么我的心就永远不能安宁。”

忒提斯听了这话,慌忙阻拦说:“我的儿子,快忘掉这个不祥的愿望,因为命运之神规定,赫克托耳一死,你的末日也到了。”

但是现在什么也不能阻挡阿喀琉斯为朋友报仇的决心。忒提斯只有忍痛同意儿子的选择,并承诺将去奥林匹斯山找火神赫淮斯托斯,让这最巧妙的铁匠为儿子亲手锻造新武器和新铠甲。

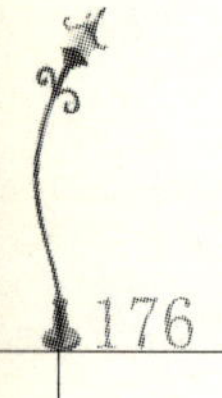

忒提斯叮嘱儿子在获得新装备之前不要出战,阿喀琉斯也确实这样做了,他只是走到特洛伊人面前了而已。帕特洛克罗斯牺牲后,特洛伊人已经又杀回到希腊人的围墙边,但一看见阿喀琉斯在墙头出现,他们感到自己的双腿开始颤抖。珀琉斯的儿子在壕沟边怒吼了三次,特洛伊的阵势就大乱了三次,有十二个英雄被吓得肝胆俱裂,在混乱中栽倒在车轮下被碾死。

现在,帕特洛克罗斯的尸体终于被勇猛的埃阿斯抢了回来。希腊的英雄们围着他,为他默哀。阿喀琉斯看到被枪尖刺烂的尸体,禁不住伏在上面又痛哭起来。

阿喀琉斯重新武装

这一夜,希腊人都在哀悼帕特洛克罗斯之死。阿喀琉斯发誓，一定拿赫克托耳的头颅向他献祭，并且还要陪上十二个特洛伊的贵族子弟。

同时，忒提斯来到赫淮斯托斯的宫殿。赫淮斯托斯是天后赫拉自己所生，但因为生下来就跛腿，被赫拉遗弃。忒提斯发现了他，把他带到海边石洞里抚养长大。因此，赫淮斯托斯把忒提斯视为恩人，现在，他立刻表示愿意为忒提斯的要求全力以赴地工作。

第二天天刚亮，还守在帕特洛克罗斯尸体之前的阿喀琉斯就得到了全新的装备：一面无比精美而坚固的盾牌，上面有宇宙全图；一副比火焰还要光亮，刀枪难入，却又像羽翼一样轻便的铠甲；戴在头上十分舒适的战盔，顶上还有金色的羽饰；最后，是用柔软的锡制成的胫甲。

阿喀琉斯大步走向海岸，出现在全体希腊人面前。士兵们都涌了过来，其中包括从未离开过战船的舵手。负伤的狄俄墨得斯和奥德修斯也拄着长矛，支撑着走过来。最后是阿伽门农，他的伤口还在作痛，但作为伤害过这位伟大英雄的联军统帅，他必须要来表示歉意和争取和解。

阿喀琉斯走到他跟前说道：“阿特柔斯的儿子呀，尽管我心里还感到委屈，可是对敌人的仇恨已经压倒了我个人的怨愤。现在，让我们忘掉过去，让我们去作战吧！”

希腊人听了他的话，发出雷鸣般的欢呼。

于是，阿喀琉斯重新投入战斗，他就好像被飙风吹动的野火，所过之处，特洛伊人兵败如山倒。特洛伊人的副统帅，

阿佛洛狄忒的儿子埃涅阿斯企图阻挡他，但是也被迅速击败。海神波塞冬尽管站在希腊人一边，却也不愿意看见埃涅阿斯战死，所以降下一阵浓雾，保护他离开战场。不然这位神祇的宠儿一定也会死在愤怒的珀琉斯的儿子手下，也就不会有他今后的传奇了[①]。

神和神的战斗

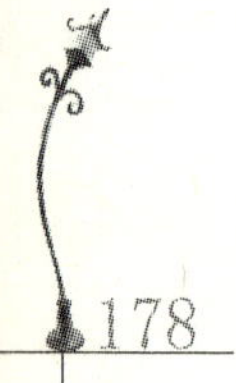

波塞冬之所以敢于介入战场，是因为这一天宙斯已经给了神祇们新的命令，允许他们自由决定援助特洛伊人还是希腊人。因为如果神祇不参战，阿喀琉斯就会违背神意，当天就占领特洛伊城。

于是神祇们分成两派：万神之母赫拉、帕拉斯·雅典娜、海神波塞冬、神使赫耳墨斯和火神赫淮斯托斯赶到希腊人的战船上；战神阿瑞斯、太阳神阿波罗和月亮女神阿耳忒弥斯兄妹、他们的母亲勒托，当然还有爱情女神阿佛洛狄忒等则动身到特洛伊人那儿去。

很快他们也陷于激烈的争斗中。宙斯站在高高的奥林匹斯圣山上，看到这混乱的局面，感到难以言喻的高兴和兴奋。

战神阿瑞斯首先出阵，他挥舞着神光万丈的长矛，向帕拉斯·雅典娜挑战，因为在之前的战斗里，雅典娜曾附身于狄

---

① 埃涅阿斯据说是罗马人的先祖，是古罗马诗人维吉尔的史诗《埃涅阿斯记》的主人公，当然这已经不属于希腊神话的范围了。

俄墨得斯,刺伤了帮助特洛伊人的阿瑞斯。但是智慧的女战神躲开了他的攻击,反而用一块巨石,把战神打翻在地。雅典娜哈哈大笑说:"蠢货,竟敢跟胜过你的人较量。现在,让你的母亲赫拉去诅咒你吧,她正对你满怀怒气,因为你竟然庇护傲慢的特洛伊人。"

输阵又输人的战神在阿佛洛狄忒的搀扶下离开了战场。赫拉示意雅典娜继续追击。帕拉斯·雅典娜便冲了上去,朝娇弱的爱情女神当胸一拳。阿佛洛狄忒站立不住,受伤的战神也再次跌倒在地。

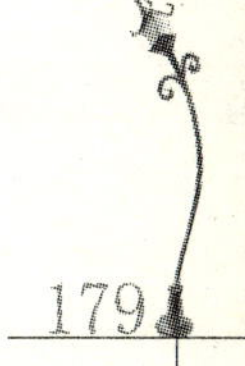

另一边,波塞冬和太阳神阿波罗对峙着。撼动大地的海神对阿波罗说:"福玻斯,你没有看到别的神都已经开始战斗了吗?如果我们就这么袖手旁观然后回到奥林匹斯山,那是多么耻辱啊!"

"海洋的主宰," 福玻斯·阿波罗彬彬有礼地回答说,"如果因为那些像树叶一般容易凋落的凡人的缘故,我就跟你这样一位威德并重的神动武,那真是太欠缺理智了。"

说着他就退开了,不愿和他的叔叔动手。但阿耳忒弥斯嘲笑她的哥哥:"善射的福玻斯啊,你就这样让波塞冬夸口吗?你背了弓,难道这只是孩子的玩具吗?"

阿波罗没有和她计较,但这番话却引来了天后赫拉。赫拉扯下阿耳忒弥斯肩上的箭袋,并狠狠地抽打她的耳光。阿耳忒弥斯不敢和万神之母对抗,如同一个挨打的小孩一样,哭哭啼啼的跑回奥林匹斯圣山。她坐到宙斯的膝头上,扭着

身体,哭得十分伤心。宙斯慈爱地将她抱在怀里,微笑着哄着她,并轻轻地抚摸着女儿。

这时,其他神祇也都回到了奥林匹斯圣山,他们怀着不同的心情,围坐在雷霆之神宙斯身边,继续关注地面的战争。

赫克托耳之死

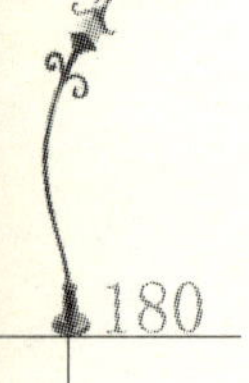

年老的国王普里阿摩斯在城头看着溃退的特洛伊人,勇猛的阿喀琉斯在他们身后凶狠地追杀,任何神祇和凡人都不能阻止他前进。国王悲哀地吩咐守卫城池的士兵说:"打开城门,让所有逃亡的特洛伊人回到城里来。不过要当心,别让珀琉斯凶狠的儿子冲进来!"

但是紧接着,老王就惊骇地发现,赫克托耳掩护着同伴撤回城中,自己却威严地屹立在城外,等待阿喀琉斯。

年迈的普里阿摩斯急得顿足捶胸, 在城楼上痛苦地呼唤:"赫克托耳呀,他已经杀掉我那么多的儿子,你快进城吧,进来保护特洛伊的男人和女人。请怜悯我吧!宙斯在折磨我,使我临终前还遭受这种痛苦,亲眼看到儿子们被杀死,女儿们被抢走为奴,我知道城垣将会坍塌,财富将被掳掠一空,最后我会死在长矛或投枪之下, 我亲手喂养的狗将吞食我尸体,舔尽我的血迹!"

他的老妻赫卡柏站在他旁边,也哭泣着大声呼喊。但是这都不能使赫克托耳回心转意。他坚定地站在原地,静静地

等待着阿喀琉斯。

前一天晚上，赫克托耳本有机会把军队撤回特洛伊城内，但是他没有这样做，现在他觉得自己愧对特洛伊人，他对自己说："还是让我和那个可怕的敌人决一死战。要么我取得胜利，要么我战死城下！"

阿喀琉斯越来越近，赫克托耳对他叫道："珀琉斯的儿子，现在我跟你一决生死。但让我们对神祇发誓：如果宙斯护佑我，让我取得胜利，那么我只剥下你的铠甲，并把你的尸体还给希腊人。我也应该得到同样的对待！"

"我不和你订约！"阿喀琉斯阴沉着脸，"狮子跟人不能成为朋友，我们之间也一样。我们之中必须死掉一个，现在使出你的本领吧！"

奥林匹斯圣山上的神祇们都紧张地看着这一惊心动魄的场面。宙斯又取出黄金天平，两边放进生命的砝码开始称量。一个是阿喀琉斯的，一个是赫克托耳的，结果赫克托耳的一边朝冥王哈得斯沉了下去。

阿喀琉斯掷出他的长矛，赫克托耳一弓身，矛从他的头上飞了过去。雅典娜把矛接住，交还给珀琉斯的儿子。但这是赫克托耳无法看到的，他也奋起平生之力地投出他的矛，阿喀琉斯用盾牌一挡，火神打造的坚硬盾牌把矛弹落到地上。

赫克托耳预感到末日已到，但他仍要做最后一搏，于是拔出他的剑，挥舞着向前扑去。阿喀琉斯用盾牌掩护好自己，并挥舞长矛想找到赫克托耳的破绽。赫克托耳的盔甲是从帕

特洛克罗斯那里夺去的，阿喀琉斯正是它原来的主人。他注意到赫克托耳全身上下都保护得很好，只有锁骨旁露出一点空隙。阿喀琉斯觑得真切，长矛精确而凶狠的一刺，矛尖扎入赫克托耳的咽喉。

但是这一矛没有刺破气管，所以赫克托耳虽然重伤倒地，但仍能说出他最后的请求："阿喀琉斯，别让恶狗在希腊人的船舰旁吞食我的尸体！无论你要多少金银都可以，把我的尸体送回特洛伊，让我得到合乎特洛伊礼俗的安葬！"

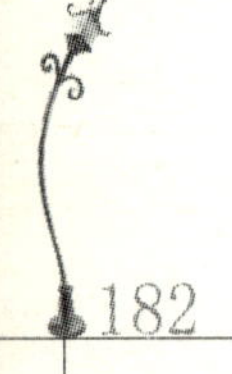

阿喀琉斯毫不犹豫地拒绝："你用不着哀求，你是杀害我朋友的凶手！即使普里阿摩斯愿意拿出和你一样重的黄金作为赎金，我仍然会将你喂狗！"

"我知道你是一个不可和解的人。但是，当你在特洛伊城门前中箭殒命的时候，你会想起我的话的！"说完这最后的预言，赫克托耳的灵魂离开肉体，飘入了冥王哈得斯的领土。

阿喀琉斯不理他的话，从尸体上拔出长矛，然后动手剥下他身上染满鲜血的盔甲。特洛伊人没有谁敢上来阻止他，希腊人却聚集过来，注视着这位特洛伊王子英俊的容貌和伟岸的身躯，一边忍不住啧啧赞叹："和焚烧我们的战船的时候相比，现在他是多么温柔啊！"

阿喀琉斯对这种赞赏则毫无共鸣，他满心想着的，仍然是对帕特洛克罗斯被杀的仇恨。这个残酷的胜利者用刀在尸体两脚的脚踝上穿了孔，用皮带穿进去捆在战车上。然后他催动战马，拖着尸体绕特洛伊城跑了三圈，这才返回希腊人

的战船。

城头上，年迈的国王夫妇看着急速远去的滚滚烟尘，不禁号啕痛哭。王宫里的赫克托耳的妻子安德洛玛刻听说了这个消息，更是昏厥在地。很快，整个特洛伊城沉浸在一片哭声中。

普里阿摩斯去见阿喀琉斯

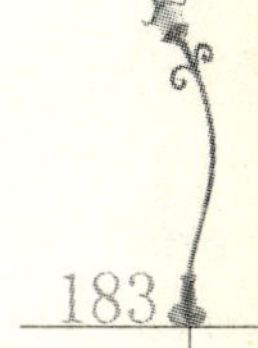

希腊人为帕特洛克罗斯举行了隆重的葬礼，但这仍不能令阿喀琉斯感到安慰。他整夜无法入睡，第二天天刚亮，他就套上马，把赫克托耳的尸体绑在战车上，拖着它围着帕特洛克罗斯的坟茔奔跑了三圈。阿波罗不忍心赫克托耳死后还遭到凌辱，便用他的神盾像金伞一样护着赫克托耳，使他的尸体不致损伤。奥林匹斯圣山上的神祇除了赫拉以外，看到这情景都很悲愤。

特洛伊城里，普里阿摩斯正在吩咐他的儿子们给他套好车马。他从宝库里取出多年来珍藏的各种古玩异宝，准备到希腊军中，找阿喀琉斯赎回儿子的尸体。

他的妻子赫卡柏和儿子们，以及其他特洛伊的贵族都阻止他这样做。但是普里阿摩斯心意已决："即使死神就在敌人的战船上等着我，我也不放在心上，我只要能把我最亲爱的儿子抱在怀里。"

他又转身对他的儿子说："你们这些懦夫呀，要是被杀的不是赫克托耳而是你们才好！最优秀的人都死了，剩下来的都是废物。快去给我备车，把我的财富都装上车，让我尽早上路！”

儿子们都十分担心，但不敢违背发怒的父亲，只得照他的话去做。

马车来到城外，普里阿摩斯的行为，是得到神祇赞许和引导的。神使赫耳墨斯令值夜的希腊士兵都进入睡乡，围墙的大门自动打开。普里阿摩斯畅通无阻地来到阿喀琉斯的营房门前。

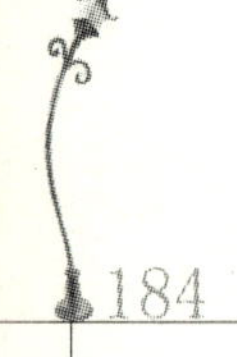

国王跳下车，独自走进阿喀琉斯的房里，他看到阿喀琉斯孤独地坐在那里，刚刚用完晚餐，餐桌还没有收拾。

老普里阿摩斯急步走到阿喀琉斯面前，跪下来抱住他的双膝，亲吻那双杀死他许多儿子的手，并注视着他的脸。阿喀琉斯惊奇地望着突然出现在面前的老人。于是老人开口哀求道：

“神圣的阿喀琉斯呀，想想你的父亲吧，他跟我一样年迈，也许他也处在危险困顿之中，可是他还有希望，因为他还能够盼望重新见到从特洛伊凯旋的儿子。而我呢？当希腊人来到特洛伊城下时，我有五十个儿子，后来他们一个个在我眼前死去，我是这场战争中被伤得最深的人。现在，你又夺走了那个唯一能够保护我们的家园和人民的儿子。因此，我来到你的战船，希望赎回我的赫克托耳。珀琉斯的儿子，请听从神祇的劝告，想想你的父亲，可怜可怜我吧！”

这番话打动了阿喀琉斯，他想起了远方的父亲珀琉斯，心中充满了怀恋，于是他温和地把老人扶了起来，同意把赫克托耳的尸体还给他。最后阿喀琉斯问道："告诉我：为你高贵的儿子举办葬礼，需要多少天？我们在这段时间里将暂停进攻你的城！"

"如果你允许我以隆重的葬礼安葬我的儿子，"普里阿摩斯回答说，"那么请给我十一天的期限吧。我们被围困在城里，砍伐木柴要到城外很远的山里去，因此我们得用九天来准备。在第十天我们安葬赫克托耳，第十一天为他修好坟茔。到第十二天，如果这是命中注定的，那么我们重新开战。"

"就按你说的办吧。"阿喀琉斯回答说，"我许你给儿子办一个不受打扰的葬礼。"

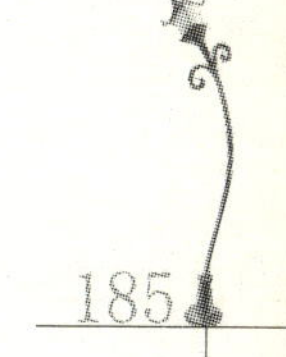

阿喀琉斯之死

十一天的悲哀是漫长的，而难得的平静如此珍贵，又使它显得一闪即逝。从第十二天开始，希腊人的进攻重新发动，而特洛伊人不久也得到了两次支援。一次来自亚马逊的女王彭忒西勒亚，一次则是埃塞俄比亚的神祇之子门农赶来助战。他们都是十分勇猛的战士，也杀死了希腊的许多英雄，但是谁也无法敌得过神勇的阿喀琉斯，所以彭忒西勒亚和门农也不免先后在他的长矛下殒命。

这一天，阿喀琉斯迎着朝阳，再次扑向特洛伊。特洛伊人

虽然害怕，但仍然没有丧失战斗下去的勇气，他们从城垣后冲了出来。特洛伊城外的荒野，再次成为血腥残酷的修罗场。阿喀琉斯所向披靡，一直突入到特洛伊的城门前。他运起自己超人的力量，准备推倒城门，让希腊人涌进普里阿摩斯的城。

手持三叉戟统治着海洋的海神波塞冬尽管支持希腊人，却恨透了阿喀琉斯，因为他还为儿子库克诺斯的死怀恨在心。于是，他来到太阳神阿波罗的面前，说道："我哥哥的儿子里面，我最喜欢的就是你。我们一起建造了特洛伊城（看来是白造了），现在成千上万的人为保护这座城而死，那野蛮的，比战争本身还残酷的阿喀琉斯却还活着。我真想让他尝尝我三叉戟的厉害，但是我不能和一个凡人面对面地遭遇。我需要你用你的弓箭取走他的性命。"

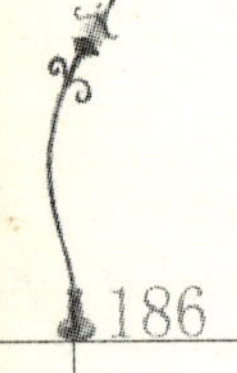

对这个要求，特洛伊城的保护神福玻斯·阿波罗当然是求之不得的。他从神座上站起来，背上背着盛满例不虚发的神箭的箭袋，化作一团烟雾降临战场，来到帕里斯的身边。

这个怯懦的特洛伊王子正躲在阴暗处，时不时向希腊人射一支冷箭。太阳神对他说："为什么浪费你的箭杀那些平庸的人？如果你真爱你的同胞，就瞄准阿喀琉斯，为你的兄长赫克托耳报仇！"

说着，阿波罗为帕里斯指明阿喀琉斯的方位，并引导他的箭，朝着珀琉斯的儿子的脚踵飞去，那正是他唯一的弱点。

阿喀琉斯感到了一阵钻心的疼痛，如巨塔崩塌一般倒下。他愤怒地叫骂起来："懦夫总是在暗中杀害勇士！我可以对他直说这些话，即使他是一个神祇！"

阿喀琉斯一面说，一面拔出脚上的箭矢，愤怒地把它摔开。阿波罗将箭拾起，隐身一片云雾之后，又回到奥林匹斯圣山。赫拉拦住他骂道："福玻斯，你也参加了珀琉斯的婚礼，你也曾歌唱祝福他未降生的儿子。现在你却袒护特洛伊人，杀死了珀琉斯唯一的爱子。这是一种罪过！今后你怎样去见涅柔斯的女儿呢？"

阿波罗无言以对，他低垂着头回到神祇之中。众神也都沉默着，但有的恼怒他的行为，有的则在心里感谢他。

在特洛伊城外，阿喀琉斯的脚踵上黑色的血喷涌着，但是他仍然充满了战斗的欲望，奋力迈动脚步冲向敌人。没有一个特洛伊人敢靠近这个受伤的人，而一旦被他靠近，则不免立刻变成他的枪下之鬼。

可是，他感到肢体在逐渐变冷。阿喀琉斯不得不停下脚步，最后他怒吼道："你们去逃吧！即使我死了，你们也逃不了我的投枪。复仇女神仍会惩罚你们！"突然，他倒在无数被他杀死的人中间。

阿喀琉斯的死敌帕里斯第一个看见他倒了下去，他终于敢从暗处跳出来，欢呼着激励特洛伊人去抢夺尸体。很多原来见了阿喀琉斯的长矛，或听到他的声音就战栗的人围拢过来，好像一群鬣狗要吞吃死去的狮子一样。但是他们不会得逞的，因为巨人一样的埃阿斯和机警的奥德修斯，还有其他

希腊人都赶过来保护他们死去的伟大英雄。

帕里斯壮起胆子，向埃阿斯投了一支长矛。但埃阿斯躲过了，并顺手抓起一块石头砸了过去。这一下打在帕里斯的头盔上，使他翻滚倒地，箭袋里的箭散落一地。他的朋友们赶快把他抬上战车，兔子一般逃回特洛伊。埃阿斯把所有的特洛伊人都赶进了城里，然后，他抱起阿喀琉斯的尸体，踩着满地的死人和散落的武器，大步走回战船。

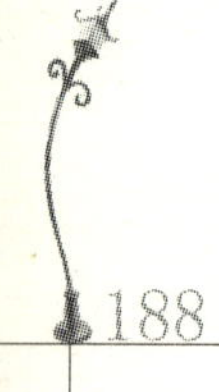

大埃阿斯之死

现在，特洛伊人最害怕的人，希腊人的荣耀与保卫者，不可战胜的人间的战神阿喀琉斯已经被焚化了。为阿喀琉斯拉动战车的两匹神马感觉到主人已死，便挣脱了轭具，因为它们不愿接受别人的驾驭。

火神赫淮斯托斯武装了他，也焚化了他。伟大的阿喀琉斯只剩下一撮灰，连一只骨灰瓮都装不满。但是他的荣名仍然传遍世界，并直到永远。

按照希腊的风俗，也为了安慰英雄的母亲海仙忒提斯，希腊人为阿喀琉斯举行了隆重的殡葬运动会。各路英雄尽展所长，最后，忒提斯准备把她儿子的铠甲和武器作为奖品。蒙着黑色面纱的女仙语气中带着无限悲痛，她对希腊人说：“现在，请最勇敢的希腊英雄，也就是那个抢出我儿子的尸体的英雄站出来，我愿把阿喀琉斯用过的武器奖给他。”

即刻从队伍中跳出两位英雄：拉厄耳忒斯的儿子奥德修斯和忒拉蒙的儿子埃阿斯，他们都想得到这武器。两个人激烈地争辩着。大家都亲眼看见，阿喀琉斯的尸身是他们一起抢回的，所以争辩的焦点，就成了谁为希腊人做了更大的贡献。

勇武的大埃阿斯立过很多战功，但是他不善表达。而奥德修斯则是一个雄辩家，能把自己所立的每一件功劳都清楚地表达出来，而对自己的过失，他也都作了巧妙的辩护。最后，听众都被奥德修斯巧妙的言辞所打动，一致同意他应得到珀琉斯儿子的灿烂的武器。

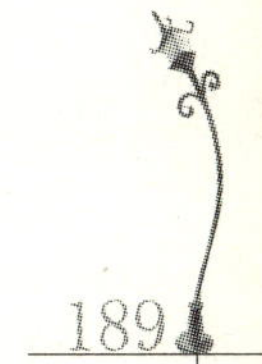

埃阿斯几乎不能相信自己的耳朵，这个曾经多次单独抵抗过赫克托耳、刀枪、火炬甚至宙斯的人，这时却无法抵御自己的怒气。他嗖的拔出自己的佩剑（这是那次决斗后，赫克托耳赠给他的）："这把剑总是我的，奥德修斯总不能说服你们相信这也是属于他的。这剑上曾经无数次染上特洛伊人的血，现在他要染上自己主人的血了，只有埃阿斯才能杀死埃阿斯！"

说完，他就把剑刺入自己的胸膛。这一剑扎得很深，谁也拔不出来，倒是鲜血将它冲了出来。血流在绿草地上，长出一朵紫花，花瓣上还有字母 AI，这是一个英雄最后的痛苦的呼声[①]。

---

① 希腊文 Ajas 是埃阿斯的名字，Aiai 是悲呼声，二者相似。

涅俄普托勒摩斯

就这样，希腊人接连损失了两个无可替代的英雄。军心开始动摇，有人认为应该放弃征战回希腊去，有人则激烈反对。这时候，预言家卡尔卡斯站了起来。

"九年前，当我们刚刚出发远征这座可恶的城市时，"他说，"我们不得不把高贵的英雄菲罗克忒忒斯遗弃在荒凉的楞诺斯岛上。尽管我们可以找到理由为自己辩解，可是不管怎么说，这对他是不公正的。而现在，在我们的俘虏中有一个预言家告诉我，我们只有依靠赫剌克勒斯的神箭，才能攻克特洛伊，而这弓箭正在菲罗克忒忒斯那里。同时，我们还要找到阿喀琉斯的儿子皮尔荷斯。"

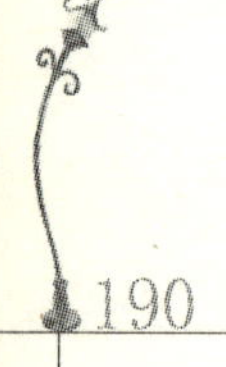

英雄们都知道，必须按照神祇的指示去做。但找到这两个人并非易事，所以他们选派了最勇敢的英雄狄俄墨得斯，与机智的奥德修斯一起完成这项使命。

两个英雄立刻出发，但这样安排的结果是，希腊人当中仅剩的最勇猛的英雄也离开了。而恰在这时，特洛伊又得到了一支援军，老王普里阿摩斯的外孙，也是赫剌克勒斯的孙子欧律皮罗斯率领许多战士赶来解特洛伊之围。现在没有谁能够敌得住欧律皮罗斯，好几个勇敢的英雄丧命在他的长矛之下。统帅阿伽门农只有吩咐希腊人固守在围墙之后，尽量避免与欧律皮罗斯面对面交战。

这时,神祇保佑着狄俄墨得斯和奥德修斯平安地重返斯库洛斯岛,当年,也正是他们来这里邀请阿喀琉斯的。两位英雄去拜见阿喀琉斯的岳父吕科墨得斯,在他的王宫里,他们看到一个青年正在练习弓箭和投枪。奥德修斯一眼就认出来,这一定是阿喀琉斯之子皮尔荷斯,因为他英俊的容貌和威武的气概,与他的父亲是如此相似。

两位英雄上前表明了身份,并说明了来意。最后奥德修斯说:"预言家卡尔卡斯预言, 如果你参加讨伐特洛伊的战斗,我们就能很快攻克那座城,在那里奋战了九年的希腊人就都可以回家了。如果那样的话,你将获得丰厚的赠礼,而你父亲的武器——它已经是我的奖品了——我也愿意赠送给你。"

年轻人斗志昂扬,渴望建功立业,他立刻答应了两位英雄的请求,并渴望立刻就到战场上去。由于害怕母亲得伊达弥亚阻拦,他没有告诉她自己的决定。

但孩子的母亲立刻看穿了他的心愿,她也认得狄俄墨得斯和奥德修斯正是当初来带走自己丈夫的人。她已经成为寡妇,不想再失去儿子。"尽管你不愿意对我说,但我知道你将跟两个外乡人前往特洛伊," 阿喀琉斯的遗孀抱住儿子痛哭起来,"在那里许多英雄都已死去,其中就有你的父亲。你还年轻,缺乏战斗的经验,听我的话吧,留在家里!"

皮尔荷斯回答说:"母亲, 别为还没有发生的事悲伤吧!命运女神决定战场上人的生死。如果我注定不免一死,那么还有什么比为希腊人牺牲更光荣呢?"

母亲还想阻拦，但这时他的外祖父吕科墨得斯走过来，老人告诉了皮尔荷斯,除了战场,还有海上的风险也很可能是致命的，但是他并不阻拦他。最后他上去亲吻皮尔荷斯。"你真像你的父亲。"他说。

皮尔荷斯从正在哭泣的母亲的怀里挣脱出来,与两位英雄一道扬帆启程。海神波塞冬送他们一帆风顺。

事实上,三位英雄赶回得正是时候。战斗正在希腊人的战船附近激烈进行,欧律皮罗斯几乎要把战船营的围墙推倒了。狄俄墨得斯率先跳下船迎敌,皮尔荷斯则紧跟奥德修斯,走进这多智的英雄海滩附近的营房里。

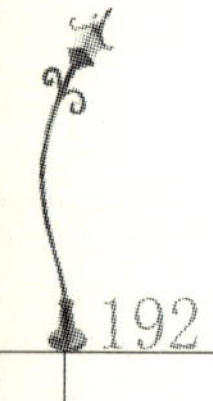

在那里,皮尔荷斯套上父亲阿喀琉斯的铠甲。其他任何人穿上都显得不合身的巨大铠甲,与孩子的身体完美地结合在了一起。所以当皮尔荷斯拿起长矛,精神百倍地冲入战场的时候,特洛伊人都以为是阿喀琉斯复生,纷纷后退,拥挤在欧律皮罗斯的周围寻求保护。

欧律皮罗斯看天色已晚,所以暂且退去。第二天天刚破晓,战斗重新开始。双方拼杀了很久,仍然不分胜负,皮尔荷斯和欧律皮罗斯终于迎面相逢。

"你这孩子,你是谁,是从哪里冒出来的?"欧律皮罗斯大声问道,"凡是敢与我作战的希腊人都已经死了,你怎敢还来送命?"

皮尔荷斯骄傲地回答说:"你应该认得这根长矛,它是我父亲的武器，它来自佩利翁山的峰顶，现在你领教它的力量吧！”

说着，他跳下战车，挥舞着粗大的长矛向欧律皮罗斯杀去。两个人杀作一团，都越战越勇。欧律皮罗斯虽然武艺高强，但毕竟不如祖先赫剌克勒斯神勇，而皮尔荷斯却有他父亲的英魂庇佑。最终，皮尔荷斯觑个破绽，一矛刺中了欧律皮罗斯的喉咙。一股鲜血从伤口标出来，他即刻倒在地上死了。

特洛伊人再次溃败，从此皮尔荷斯被希腊人称为“涅俄普托勒摩斯”，意思即年轻战士。

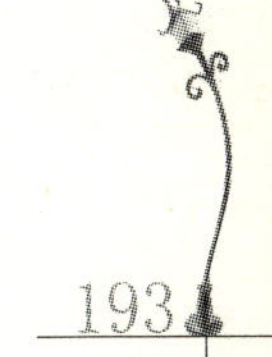

菲罗克忒忒斯在楞诺斯岛

但是这场胜利并没有帮助希腊人攻克特洛伊，尽管他们的猛攻已经使城垣残破。千钧一发的关头，宙斯降下烟雾，把这城保护起来，希腊人只有退兵。

第二天，希腊人惊讶地看到特洛伊城又完好地耸立在蓝天之下，他们这才相信，不完全达成预言的条件，是不可能取得最后的胜利的。于是，奥德修斯和勇敢的少年英雄涅俄普托勒摩斯即刻登上一艘快船，向楞诺斯岛进发。

“我想我最好避开，他有足够的理由恨死我了！”准备见菲罗克忒忒斯之前，奥德修斯对阿喀琉斯的儿子说，“你先和他见面，他问你是谁，问你从哪里来，你就照实回答，告诉他你是阿喀琉斯的儿子。但接下来你要跟他说，你已经与希腊人结下了仇恨，准备返回家乡。希腊人三请四邀，把你从斯库洛斯岛搬来帮他们攻城。可是他们却吞没了你父亲的武器，把他给了我，给了奥德修斯。这时，你可以把我大骂一通，想怎么骂都行，反正这对我没什么伤害。这样他一定会非常信任你，然后你就有机会拿到他百发百中的弓箭。”

涅俄普托勒摩斯打断他的话，说：“我听不得这种话。我和我的父亲都不喜欢玩弄诡计，我宁愿用武力战胜他。何况，他孤身一人，一条腿有伤，又有什么难对付的呢？”

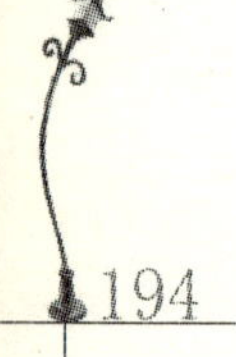

“因为他有赫剌克勒斯的弓箭呀！”奥德修斯平静地回答说，“孩子，我知道你天生是个诚实的人。我在年轻时也是敏于行而讷于言，可是后来我就明白，怎么说比怎么做更重要。你只要想一想，一点小小的诡计就可以征服特洛伊城，为了这巨大的功绩，你就不会拒绝说几句骗人的假话了！”

涅俄普托勒摩斯终于被他更有人生经验的朋友说服了，他单独带着仆人去拜访了菲罗克忒忒斯。仍然备受伤痛折磨的老英雄看见他非常高兴。“你们是什么人，到这荒岛来干什么？”他大声地问道，“你们穿着希腊人的衣服，虽然我憎恨希腊人，但我仍然想听到你们说话的声音。我穿得破破烂烂的，像个野人，但愿这副样子不会把你们吓跑。我是个不幸的人，我的朋友把我抛弃在这荒岛上，让我一个人被病痛折磨。如果你没有恶意，就请说话吧。”

涅俄普托勒摩斯把奥德修斯编排的那通假话学说了一遍。菲罗克忒忒斯听后叫了起来。“啊，高贵的阿喀琉斯的儿子！希腊人把当年对待我的法子，也用到了你的身上！”

接着，老人讲述起了这些年来自己的生活，他只有靠本该用来沙场杀敌的硬弓来猎取一点食物，百发百中对他来说并不难，可是对腿上有伤的人来说，猎物背回来却是困难的。他还不得不跛着腿去泉边取水，到林中砍伐木材。这里没有火，过了很长时间，他才找到一块燧石。这么多年，没有一条船愿意到这个荒凉的小岛来。“我在这里忍饥挨饿，足足过了十年。”最后老人说，“这一切都是奥德修斯和阿特柔斯的儿子们的罪过，但愿神祇惩罚他们！”

涅俄普托勒摩斯被老人的话感动了，心中充满同情，可是他想起了奥德修斯的警告，终于没有说出自己的真实目的。菲罗克忒忒斯抓住涅俄普托勒摩斯的手说：“现在，我请求你，亲爱的孩子，看在你的父母亲的分上，带我走吧，别让我再受折磨了。我知道我不是一个受欢迎的旅伴，但仍请将我带走，别让我再待在这座可怕的荒岛上。”

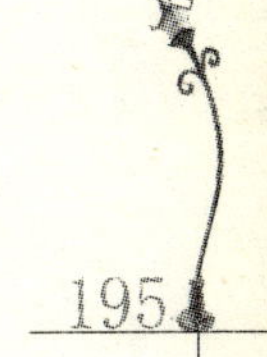

涅俄普托勒摩斯怀着沉重的心情，假意地答应了他的请求。狂喜的老人兴奋地跳起来，尽管他只有一条腿可以使劲。涅俄普托勒摩斯看见他眼角的泪花。

正在这时，两个希腊水手冲了过来，他们告诉涅俄普托勒摩斯一个消息，说狄俄墨得斯和奥德修斯的船正驶向这里，要寻找一个名叫菲罗克忒忒斯的人，因为预言家卡尔卡斯说，没有菲罗克忒忒斯的弓箭，特洛伊城就不能攻破。

当然，这也是奥德修斯想出来的恐吓老人的计谋。菲罗克忒忒斯果然非常担心，现在他已经完全相信眼前的年轻人，马上拿出赫剌克勒斯的神箭，请他代为保管。

涅俄普托勒摩斯再也忍不住了，纯良的天性使他说出了真情："菲罗克忒忒斯，我不能瞒你了，你现在必须和我一起到特洛伊去，希腊人和阿特柔斯的儿子们正在那里等你！"

菲罗克忒忒斯一下子惊得面如死灰，年轻的英雄还没有来得及再说什么，奥德修斯就从隐蔽的树丛中跳出来，菲罗克忒忒斯立即认出了他。"呵，天哪！"他叫道，"现在抓我的人正是从前遗弃我的人，现在他已骗走了我的弓箭！"他又哀求地看着涅俄普托勒摩斯，"好孩子，把弓箭还给我！"

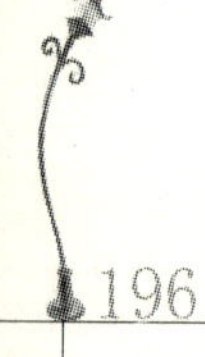

涅俄普托勒摩斯沉默地站在那里，一动也不动。奥德修斯则指挥手下，要把不幸的老英雄抓起来带到船上带走。菲罗克忒忒斯竭力站在原地不肯移动脚步，他诅咒这无耻的骗局，祈求神祇为他报仇。

突然，绝望的老人听到涅俄普托勒摩斯愤怒地大叫："不，我作了孽，用可耻的骗局伤害了一个高贵的人！"涅俄普托勒摩斯护到菲罗克忒忒斯身前，"跟我来吧！我们今天就回希腊去。"

奥德修斯打断了年轻人的话。"不行！即使你答应他也不行！他必须跟我们走，因为这关系到希腊人的幸福和特洛伊的毁灭！"

涅俄普托勒摩斯再也不肯让步了："你不能违背他的意愿。要带他去特洛伊，除非先把我杀死。"

两个人都拔出剑来，气氛十分紧张。

这时天空中忽然乌云大作，电闪雷鸣。所有人都抬头观望，菲罗克忒忒斯首先看到，站在云端的正是他的老朋友赫剌克勒斯。这伟大的英雄已经成为神祇了。

“你不要回希腊去！”赫剌克勒斯的声音震动着天地。“听着，我的朋友菲罗克忒忒斯，我告诉你的正是宙斯的决定，你必须服从！你知道我历尽了磨难才成为神祇，你也将在十年的屈辱和痛苦之后得到光荣。跟这位年轻人去特洛伊，然后你将满载战利品回到你的家乡！”

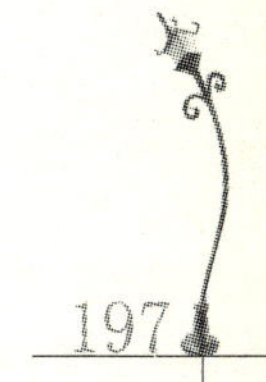

帕里斯之死

菲罗克忒忒斯听从老朋友的指引，他来到特洛伊，出现在所有的英雄面前。“朋友们，” 菲罗克忒忒斯友好地说，“我不再生你们的气了，包括你，阿伽门农，也包括其他的任何人！”

神祇果然没有失言，用魔力和药物医好了菲罗克忒忒斯久治不愈的伤腿。第二天，重振雄风的老英雄就走上了战场。

又是一场鏖战，狡猾的帕里斯仍然像他惯常所做的那样，躲在阴暗处，射杀了好几位希腊英雄。他注意到希腊人中多了一名特别勇猛的老将，便壮起胆子向他凑过去，射出一箭。

菲罗克忒忒斯闪过这一箭，看清了帕里斯，老英雄指着他，用轰雷般的声音喊道："你这个特洛伊的蟊贼，你是这一切战乱的祸根，现在到了你自取灭亡的时候了！"说着，他弓开如满月，一箭流星般飞出，划伤帕里斯的手腕，使他不能再射箭还击。接着，菲罗克忒忒斯的第二箭射穿了帕里斯的小腹，使他好像一条面对雄狮的哈巴狗，惊惶地逃回了特洛伊。

菲罗克忒忒斯的箭是赫剌克勒斯赠给他的，箭头上有致命的毒血。这天夜里，帕里斯呻吟不已，他突然想起一道神谕，说只有他的原配妻子俄诺涅才能救他。但是自从有了海伦，帕里斯早就把俄诺涅忘到九霄云外。现在由于疼痛难熬，他不得不腆起脸来去找她。

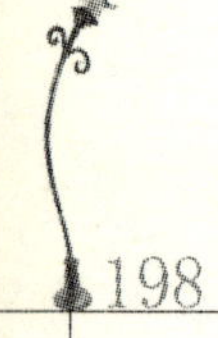

俄诺涅仍然住在爱达山，那是帕里斯少年时放牧牛羊的地方。躺在担架上，帕里斯看着儿时熟悉的风景，这时也许宁可自己只是一个普通的牧人吧？

俄诺涅已经被他伤透了心。"你有什么脸来见我，" 她愤恨地说，"还是去找年轻美貌的海伦吧，求她救治你。你的眼泪和哭诉，绝不能换取我的哪怕一点同情！"说着，她将帕里斯赶出门外。下山的途中，帕里斯再也支持不住，他咽下最后一口气，海伦再也见不到他了。

他的母亲因为他的死讯而昏厥，他的父亲普里阿摩斯则根本不知道他已经死了， 老人仍然坐在儿子赫克托耳的坟旁，沉浸在悲愁中，对外面的一切不闻不问。

海伦在痛哭，但与其说是她为了丈夫，还不如说是为她自己的命运。

俄诺涅独自待在家里，她想起和帕里斯新婚燕尔的日子，往日的情意涌上心头。深夜里，她流着泪从床上跃起，奔了出去。她攀过一座座山岩，穿过幽谷和溪流，整整地奔跑了一夜，最后她来到了她的丈夫的火葬堆前。俄诺涅看着丈夫的遗体，这时她也无法理解自己的心情。突然，她纵身跳进火光熊熊的柴堆里，旁边的人还没有来得及拉她，她已经被火焰吞噬，和她负心的丈夫一起烧为灰烬。

木马计

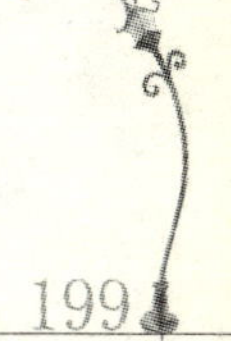

特洛伊人已经再也不敢出城应战，但是特洛伊坚厚高大的城墙仍然保护着他们。希腊人久攻不下，反而损失了很多英雄。

于是，占卜家和预言家卡尔卡斯召集会议，他说："听着，我昨天看到一个预兆：一只鹰追逐一只鸽子，鸽子飞进岩缝里躲了起来。雄鹰在山岩旁等了许久，鸽子就是不出来。雄鹰就假装飞走，但其实躲在附近的灌木林中。这只蠢鸽子以为安全了，便飞了出来，结果立刻就被雄鹰扑上去抓住。"

这个征兆显然是要希腊人以老鹰为榜样，但是究竟该怎么做，却令英雄们绞尽脑汁。最后，奥德修斯叫道："朋友们，你们知道怎么办吗？让我们造一匹巨大的木马，里面藏着希腊人的勇士，越多越好。其余的人则把军营烧毁，乘船离开特洛伊海岸，隐藏到附近的海岛上。这样特洛伊人就会以为我们已经撤退，大胆地出城活动。这时让一个人设法说动特洛伊人把木马拖进城内。等到夜深人静的时候，木马里的勇士和城外的军队里应外合，我们就能一举毁灭这座城！”

奥德修斯的妙计令所有的希腊人心悦诚服，欢欣鼓舞，只除了菲罗克忒忒斯和涅俄普托勒摩斯。这一老一少两位英雄还渴望战斗，宁可光明正大地征服特洛伊。但这时天空上降下雷电，这是宙斯在对奥德修斯表示赞同，于是他们也不能不顺从万神之父的意愿。

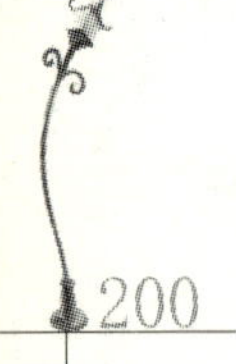

当夜，雅典娜托梦给希腊英雄中最心灵手巧的厄珀俄斯，吩咐他制造这匹巨大的木马，并答应帮助他，使他尽快完工。第二天一早，希腊人就在厄珀俄斯的率领下来到爱达山砍伐高大粗壮的松木，许多年轻人帮厄珀俄斯一起干活。三天后，木马造成了。大家都惊叹厄珀俄斯的技艺是如此高超，木马非常生动和精致，总之，除了过分巨大之外，这就像活马一样。

希腊人再次召开会议，奥德修斯站起来发言：“希腊人的领袖们，现在我们得钻进马腹，我们将度过一段没有阳光的日子，但迎接的却是光明的未来。此外，木马肚子下面还要留下一个人，他应该是特洛伊人不认得的，并能够按照我说的去做。这需要非凡的勇气和机智，谁愿意担任这一重任呢？”

这个艰巨的任务让大家都迟疑起来。最后，一个叫西农的人挺身而出，他说：“我愿担当这必须做到的一切。让特洛伊人折磨我，让他们把我活活烧死吧，我已下定了决心！”他的话受到大家的欢呼。

第一个走进木马的，是阿喀琉斯的儿子涅俄普托勒摩斯，跟在他后面的有菲罗克忒忒斯，海伦原来的丈夫墨涅拉俄斯，勇猛的狄俄墨得斯，奥德修斯本人，以及其他许多英雄。最后进来的是木马的制造者厄珀俄斯，他把梯子也拉上来，闭合了木门，从里面拴上。英雄们默默地挤坐在马腹里，不知道等待他们的是什么样的命运。

其余的希腊人则在阿伽门农的率领下，放火烧毁生活了十年的营帐，然后登船起航。他们在附近的一个海岛上登陆，然后在那里焦急地眺望特洛伊方向，期待着那里亮起火光，这是事先约定的总攻信号。

拉奥孔与卡珊德拉

特洛伊人很快发现希腊人已经撤退，但他们仍不放心，穿着铠甲出城打探消息。结果，在敌人的营地里，他们发现了一匹巨大的木马。

这件惊人的艺术杰作吸引了特洛伊人，他们围绕着木马议论纷纷，拿不定主意该怎样处置它。木马里的英雄清楚地听到他们说些什么。听到有人说要把木马拖进城内，他们心头就涌起成功在望的喜悦，但一听到有人说要把木马烧掉或推进海里，他们则紧张得感觉心都快从胸膛里跳出来。

这时特洛伊城的祭司拉奥孔分开人群，他大声说道：“不幸的人哪,哪个魔鬼迷了你们的心窍?难道你们真的以为希腊人已经离开了吗? 你们难道忘了他们当中有奥德修斯,那是一个多么诡诈阴险的人啊!木马里一定隐藏着危险,总之,不管它是什么,你们决不能相信希腊人!”

这时有人发现了藏在木马肚子下的西农, 把他拖了出来,要押他去见国王普里阿摩斯。特洛伊战士们的注意力也转移到这个俘虏身上。西农完美地扮演了奥德修斯委派给他的角色,他哭泣着说:“你们知道帕拉墨得斯吗?奥德修斯诬陷他出卖希腊人的情报给你们, 希腊人便把他用石头打死了。我就是帕拉墨得斯的亲戚,奥德修斯恨我,总想找机会置我于死地。所以他把我抛弃在这里,你们杀了我吧!”

不少特洛伊人听说过帕拉墨得斯的惨剧,都对西农表示同情,并要求他解释希腊人撤兵的原因,以及木马的来历。西农按照事先编好的谎话说道:

“在这场战争里,希腊人一直把帕拉斯·雅典娜作为自己的保护神。但是现在由于他们的不敬行为,女神已经抛弃了他们。希腊人失去了胜利的希望,决定立即乘船回故乡去,在那里再等待神祇的指引。临走前,预言家卡尔卡斯又说,出发时希腊人曾用血献祭了狩猎女神,现在出海还需要再牺牲一个人,奥德修斯便指定了我。他们又造了这匹巨大的木马,作为献给雅典娜女神的礼品。卡尔卡斯特别要求把马身造得特别高大,因为不能让你们把马拖进城门。如果木马放在城里,雅典娜就会保护特洛伊人而不是希腊人了。相反,如果你们损坏了这匹木马，这就正合了希腊人的心意，因为雅典娜一定会惩罚这种行为。”

这一番谎话让特洛伊人信以为真，他们不敢毁坏木马了，但是对是否要把它拖进城里还有些犹豫。但这时海神波塞冬又及时给了希腊人帮助。

拉奥孔完成他祭司的职责，在海边给海神献祭的时候，突然平静的海面翻起波涛，两条巨大的毒蛇游上了海岸。毒蛇首先缠住了拉奥孔的两个儿子，它们的毒牙残忍地咬啮着孩子柔嫩的肌肉。两个男孩痛得大声哭喊，拉奥孔急忙奔来，想抢救自己的儿子，但他立刻也被毒蛇缠住了。可怜的拉奥孔和他的两个儿子终于被毒蛇活活地咬死，他们痛苦的喊声还回响在特洛伊的海滩上空。然后，这两条毒蛇一直游到雅典娜的神庙，盘绕着躲进女神的脚下。

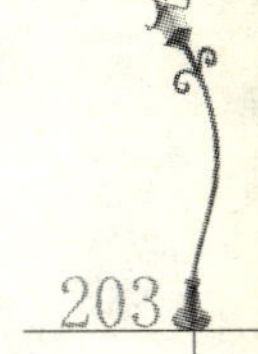

特洛伊人都想起了拉奥孔是最激烈的主张毁灭木马的人，所以他们把这一恐怖事件看作祭司因此而遭到的惩罚。特洛伊人便赶紧在城墙上开了一个大洞，并给木马脚下装了轮轴，然后一齐使劲，成功地把木马拖回城去。途中每次颠动时，马腹中都传出了金属撞击的声音，可是特洛伊人只听见自己的欢呼声，对这一点也没有觉察。

高兴的人群中只有一个人例外，就是普里阿摩斯国王的女儿，预言家卡珊德拉。神祇赋予她预言的才能，她从来也没有失误，但特洛伊人就是不相信她。

现在，卡珊德拉披散着头发，一脸绝望地穿过大街小巷，

一路上她呼喊着:“特洛伊人呀,你们还不知道哈得斯的地府的大门已经敞开了吗?我看到城市充满着血腥和火光,我看到死神从你们欢呼着拖进来的木马里冲出来!你们为什么不相信我的话呢?复仇女神因为海伦的婚姻而决定向你们复仇,你们已经成了她的祭品和俘虏了。”

但特洛伊人回应她的,只是讥笑和嘲弄。

特洛伊城的毁灭

在这天夜里,特洛伊人都沉浸在十年战争终于结束的狂欢之中。音乐和美酒使所有人沉醉,士兵也卸下了沉重的盔甲,进入了梦乡。跟特洛伊人一起饮宴的西农,似乎也和他们一样早早地睡着了。

深夜,整个城市在狂欢后是死一般的寂静。西农起了床,偷偷地爬上城头,用火光向远方发出了约定的信号。然后,他熄灭了火把,潜近木马,轻轻地敲了敲马腹。

英雄们听到了声音,从木马里钻出来。一切如奥德修斯所料,特洛伊已经是一座不设防的城市。英雄们便拔出宝剑,挥舞着长矛,分散到城里的每条街道上,一边大肆屠杀醉梦中的特洛伊人,一边到处投掷火把。不一会儿,屋顶着火,火势迅速蔓延开来。

隐蔽在海岛上的希腊人看到西农发出了信号,立即返回。海神给了他们顺风,而这次登陆之后,突破特洛伊城墙是

轻而易举，因为为了让木马通过，城墙上已经有一个巨大的缺口。

整个特洛伊城已经成了一片火海，到处是尸体，到处是残废和受伤的人在死尸上爬行，火光下，可以看见他们脸上惊恐和绝望的神情。哭喊声和惨叫声交织成一片。

希腊人也遭到重大的损失，因为尽管大部分敌人都来不及拿起武器，但他们仍然拼死搏斗。人们投掷杯子和桌子，或者抓起灶膛里燃烧着的木柴，或者拿起烤肉用的叉子和小斧子，或者拿起手头所能抓到的任何东西，与四面杀来的希腊人搏斗。在普里阿摩斯的王宫附近，许多全副武装的战士潮水般冲出来，困兽般殊死而又绝望地作最后一搏。

王宫最终被攻破，涅俄普托勒摩斯最先杀到国王普里阿摩斯的跟前。这老人正在宙斯神坛前祈祷，听到背后的脚步声，老人平静地回过头来，看着身上溅满鲜血的涅俄普托勒摩斯，淡淡地说："杀死我吧！勇敢的阿喀琉斯的儿子！我已经受尽了折磨，我亲眼看到我的儿子一个个死了。我也已经不想再看到明天的阳光了！"

就这样，老人倒在涅俄普托勒摩斯的刀下，他好像收割麦子一样割下了普里阿摩斯的头颅。

所有的希腊战士都和阿喀琉斯的儿子一样残酷。他们在王宫内发现了赫克托耳的小儿子阿斯提阿那克斯，他们还清楚地记得赫克托耳曾带给希腊人怎样的失败，所以他们从他母亲怀里把他抢去，丢下城楼摔死。孩子的母亲绝望地哭喊，可是他们都不听她的话，又亢奋地到别处屠杀和抢劫去了。

几天前，英雄的埃涅阿斯还奋勇地在城墙上打退了希腊人的进攻。可是，现在他知道能够做的已经只是保全自己而不是拯救城市。他背负老父，一手牵住儿子阿斯卡尼俄斯的手，一手挥动武器夺路而逃。幸好，他的母亲爱情女神阿佛洛狄忒保佑着他，使火焰让开道路，使希腊人的乱箭和投矛都偏离目标。埃涅阿斯成了唯一带着老小逃出这覆灭的特洛伊的人。从此，他将经过漫长的流浪，并最终建立远远比特洛伊要伟大的城——罗马。

特洛伊妇女

第二天早晨，屠杀终于结束，大火仍在燃烧，特洛伊城已经变成一座死城。希腊人在城里肆意劫掠了无数的财宝，而把活下来的人都变成了奴隶。

在人群中，墨涅拉俄斯带着他不忠的妻子海伦离开了特洛伊城。他面有愧色，可是心里却很满意。海伦则沉默着，不知道希腊人将怎样处置自己。结果她的美貌再次拯救了她，当她来到战船时，希腊人立即为她无比的美丽所倾倒，他们悄悄地说，为这个女人打十年仗，倒也是值得的。没有一个人想伤害这个美丽的女人，他们仍将她留给墨涅拉俄斯。而墨涅拉俄斯，这个遭到背叛的丈夫的一颗仇恨的心，也被女神阿佛洛狄忒所软化，早已宽恕了她。

他的兄长阿伽门农走在他身旁，带着普里阿摩斯国王的女儿，高贵的卡珊德拉。涅俄普托勒摩斯带着赫克托耳的妻子安德洛玛刻。王后赫卡柏成了奥德修斯的俘虏，他本来嫌她老，不想要她，但想到这是赫克托耳的母亲，将来也足以向人夸耀，就改变了主意。赫克托耳生前怕是做梦也想不到，他的英雄业绩竟会帮他的母亲找到一个主人。

无数的特洛伊妇女跟在后面，一路悲伤地哭泣。

这一天，希腊人在战船上欢庆胜利。英雄们一边开怀畅饮，一边听席间的歌手弹奏竖琴，歌唱大英雄阿喀琉斯的功业。

他们一直欢宴到深夜，然后各自回营休息。这天夜里，涅俄普托勒摩斯做了一个梦，梦见他的父亲阿喀琉斯来到面前。伟大的英雄亲吻了儿子的胸脯、嘴唇和眼睛，然后他说："无论在沙场还是会场上，你都要以你的父亲为榜样。战斗时站在最前面，会议上你应该尊重元老，听取他们的经验之谈。别为我的死感到悲伤，亲爱的儿子，我死后已成为天神。但应该从我的早逝中吸取教训，生死仅隔一线，因为人类如春天的花朵，绽放后就是凋落。最后，请你告诉大统帅阿伽门农，把最珍贵的战利品祭献给我，让我在奥林匹斯圣山上什么也不缺！"

第二天清晨，希腊人起了床，一个个都归心似箭，可是这时忽然风浪大作，船根本无法驶出港口。希腊人正在惊骇地猜测不知又触怒了哪位神祇，涅俄普托勒摩斯走出来对众人

说:“希腊的兄弟们,昨天夜里,我的父亲向我托梦,要我告诉你们:你们应该用最珍贵的战利品向他献祭,让他也获得一份胜利的锦标。所以在报答已故的阿喀琉斯之前,我们不能离开海岸。”

希腊人都同意这个愿望应该得到满足,他们一起来到高耸在海岸上的英雄的坟前。但是,什么才是最珍贵的战利品呢?

每个人都把自己掠得的宝物和俘虏拿出来。金银和珍宝堆积如山,璀璨夺目,但是,和年轻的姑娘波吕克塞娜比起来,都黯然失色了。波吕克塞娜是国王普里阿摩斯的女儿,希腊人一致认为,她是战利品中最美丽和高贵的。

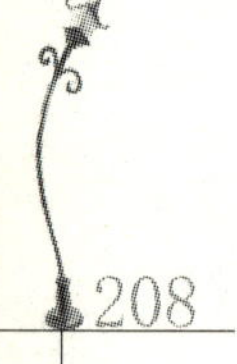

姑娘迎着大家注视着她的目光, 脸上不是恐惧而是快乐,因为她是情愿把自己献给阿喀琉斯的。在特洛伊城头上,她许多次看到阿喀琉斯的威武的身姿。有一种说法,阿喀琉斯也看到城头上站着美丽的姑娘,有一次逼近城门,他对她产生了爱慕之情,并向她大喊:“普里阿摩斯的女儿,你如果属于我,也许我会让你的父亲和希腊人都放弃战争!”话一出口,大英雄立刻想起自己的责任,为这失言感到后悔。可是波吕克塞娜心中,却从此对这个特洛伊人的敌人有了爱情。

现在,高大的祭坛已经建好,所有的祭品都已献上,国王的女儿从容自尽,用刀刺入自己的心脏,青春的热血激射出来。周围的人发出一声恐怖的惊叫,年老的王后赫卡柏扑倒在女儿的尸体上,绝望地号啕大哭。

大海又变得宁静了。涅俄普托勒摩斯满怀同情地走到祭坛前，把姑娘的尸体搬开，并以公主的礼仪将她安葬。

归航

希腊人的归航并不顺利，他们遭遇了巨大的风暴，滔天的巨浪把船只打成碎片，许多英雄都被淹死。因为他们不公正地杀死了聪明正直的帕拉墨得斯，现在遭到了报应。[①]

希腊联军的统帅阿伽门农虽然回到了家乡迈锡尼，但是一场谋杀正等着他。因为他曾把女儿伊菲革涅亚献祭给狩猎女神，他的妻子克吕泰涅斯特拉不能原谅他。

至于狡猾机智的奥德修斯，他没有死，但是命中注定，他要经历在海上长达十年的冒险。

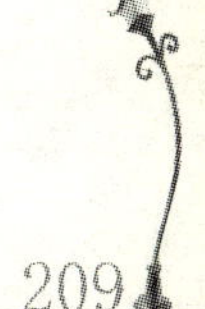

① 参看这个故事中的《帕拉墨得斯之死》一节。

奥德修斯的传说

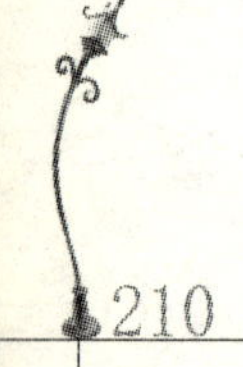

独眼巨人

特洛伊战争结束后，伊塔刻岛的国王奥德修斯也走上了归途。几经波折之后，他来到了库克罗普斯人的岛屿。库克罗普斯人是一种野蛮残忍的独眼巨人，但是当时奥德修斯对此还一无所知，他看着这个岛上的风物，充满了好奇。

奥德修斯从他的船队里挑了十二个最勇敢的人，带上食物和美酒，开始了在岛上的探险。他们发现了一个山洞，便钻进去看个究竟。这是一个非常宽敞的洞，里面有一个羊圈，养着许多小羊羔，还有各种容器，装着水、羊奶和奶酪。

有人建议，大家把奶酪取走，然后就赶紧离开。但是奥德修斯想见见这里的主人，所以大家便留下了。

终于，洞穴的主人回来了。如同所有的库克罗普斯人一样，他身材极其巨大，腿就像巨大的树干，只在额头中央长着一只目光凶狠的眼睛。

奥德修斯和他的朋友们都吓得躲藏到洞穴里最偏远的

角落里。他们看着这巨人把一群肥壮的羊赶进洞里,然后用一块巨大的圆石把洞口封住。大家都心中一凉,知道没有办法悄悄溜出洞去了,因为就是二十二辆四轮车,也无法把这块石头移开。

忙完他的家务之后,巨人点起一把火,发现了躲在角落里瑟瑟发抖的人们。"你们是谁,陌生人?"他用响雷一样的声音问道。

奥德修斯克服了心头的恐惧回答说:"我们是希腊人,被大海的风浪送到这里。我们祈求你的保护和救助。亲爱的人,请敬畏众神,答应我们的请求吧!宙斯会惩罚那些虐待客人的人。"

这话只是让这巨人狞笑起来,他说:"你是一个真正的傻瓜,陌生人!对我们库克罗普斯人来说,那个打雷的宙斯算什么,我们要比神祇强得多。现在告诉我,你们的船在哪里?"

"好人啊,"奥德修斯立刻就编好狡猾的谎话,"大地的震撼者波塞冬把我的船抛到峭壁上,已经成了碎片,只有我和这十二个伙伴逃脱了性命!"

巨人相信了他的话,他看看奥德修斯的同伴,忽然抓住其中的两个,把他们吃掉了。其余人只能恐惧地看着,暗暗祈祷神明,然而无能为力。

吃饱后,这巨人又喝了许多羊奶,然后沉沉睡去。奥德修斯心里盘算着,是不是趁此机会用剑刺死这个恶魔。但是他很快就放弃了这个计划。因为即使能够杀死巨人,也没有办法移开洞口的巨石,那所有人都只有活活地困死在洞里。

第二天早晨,独眼巨人醒过来,又吃掉两个人,随后就把羊群赶出山洞。可是这一次,羊群出洞后,他就又用巨石把洞口封住了。

奥德修斯的同伴都感到绝望,不知道下一轮被吃的会不会就是自己。但奥德修斯仍然心思飞快地转动。他发现洞里有一根橄榄树做成的巨大木棒,觉得可以改造成一件不错的武器。他招呼同伴,从木棒上砍下一节,修整得光光的,并把一端削尖,用火把它烘干变硬。

晚上,这个可怕的牧羊人与他的羊群回到洞里,又抓了两个人当作晚餐。奥德修斯取出他的酒袋,往一个木桶里倒满酒,对这巨人说道:“库克罗普斯人,拿去喝吧!用人肉下酒再好不过了。”

独眼巨人显然被美酒的芳香迷住了,捧起木桶一饮而尽。显然,这点酒不能令他满足,于是他第一次友好地说道:“听着,我的名字叫波吕斐摩斯。陌生人,再给我些喝的,这样我也送你一件礼物让你高兴。”

对奥德修斯来说,这要求正中下怀。他三次把木桶倒满,波吕斐摩斯三次都喝得涓滴不剩。看到眼前的巨人已经醉醺醺了,奥德修斯说:“库克罗普斯人,我叫‘没有人’。这个名字有点奇怪,但所有人都这样称呼我。”

独眼巨人回答说:“没有人,现在你也能得到我的礼物了。我把你留到最后,吃光了你所有的伙伴之后才吃你。你对这份礼物满意吗，没有人？”

最后一句话已经含糊不清了，这巨人向后仰去，睡倒在地上，登时鼾声如雷。奥德修斯和他的同伴赶紧点燃白天制作好的尖木桩，把它深深地插入怪物的眼睛里。

火焰把波吕斐摩斯的眉毛和睫毛都连根烧焦了，剧痛使他狂吼起来，洞穴里回声震动。奥德修斯和他的朋友们赶紧又跑到角落里躲起来。

波吕斐摩斯拔出鲜血淋漓的尖木桩，狂吼着东奔西跑，用手摸索躲在洞里的人。但是奥德修斯他们隐藏得很好，瞎眼后的波吕斐摩斯已经没有办法抓到他们。

于是他又开始呼喊他的同胞，住在山里的其他库克罗普斯人。独眼巨人们聚集到洞穴周围，波吕斐摩斯从洞里朝外吼道：“没有人想杀我，没有人想杀我，朋友们！没有人骗了我！”

独眼巨人们听后都疑惑不解：“既然没有人想杀你，那你叫什么？你一定是病了，可我们库克罗普斯人是不知道怎样治病的！”他们说罢就都散去了。

波吕斐摩斯又在洞中踉跄着摸索了一阵，最后他把巨石从洞口移开，自己挡在那里。如果有谁想出洞，毫无疑问立刻就会被他抓在手里撕得粉碎。

但是他低估了奥德修斯的智慧。奥德修斯和他的同伴都藏身在山羊的肚子底下。这些羊被波吕斐摩斯喂养得高大肥壮，足够一个人藏身。

天亮了，公羊们纷纷从洞里跳了出来。波吕斐摩斯仔细地摸过每只山羊的脊背，但是他想不到注意肚子底下。

波吕斐摩斯仍然坐在洞口，任由出洞的山羊越走越远。奥德修斯等人都从羊肚子下面钻出来，他们驱赶着羊群，回到自己的船上。

船驶离海岸后，奥德修斯朝波吕斐摩斯大声喊道："听着，库克罗普斯人，你的恶行终于遭到了报应！宙斯和众神终于对你进行了正当的惩罚！"

被刺瞎的独眼巨人暴怒地跳起，他从山上抓起一整块岩石，朝声音传来的方向砸过来。巨石在船尾后一点落入海中，激起的巨浪把船向岸边冲了回去。水手们奋力划桨，才免于重新接近这个怪物。奥德修斯的朋友都害怕巨人第二次投掷岩石，不许他继续叫喊，可奥德修斯仍然要证明自己，他叫道："听着，若是有人问你，是谁弄瞎了你的眼睛。那你不要再重复那个可笑的回答。你告诉他：'特洛伊的毁灭者奥德修斯弄瞎了我的眼睛！'"

波吕斐摩斯吼叫起来："痛苦啊！早有预言说，奥德修斯会让我失明。我一直以为这一定是一个高大强壮的家伙，将在决斗中击败我。没想到他却是一个矮小阴险的懦夫！"

随后他诅咒说："海神波塞冬，我的父亲，一定不要让奥德修斯顺利地回到家乡。即使他能返回，也要尽可能迟一些，尽可能地让他多受折磨！"

他的父亲听到了他的请求。但是当时奥德修斯还意识不

到自己将面临怎样的可怕航程，他和他的伙伴们，还沉浸在死里逃生，并得到大批山羊的快乐中。

埃俄罗斯的风袋

奥德修斯来到了风神埃俄罗斯居住的海岛。埃俄罗斯有六个儿子和六个女儿，他和他的妻子每天都在宫殿里与儿女们饮酒作乐。埃俄罗斯盛情款待了奥德修斯，最后给他送行时，还赠给他一只野牛皮制成的风袋。这袋子里装着各式各样的风，只有和煦的西风仍然在袋子外面吹拂着，送奥德修斯的船顺利返航。

就这样，奥德修斯在海上安全航行了九天九夜，到第十天，他的故乡伊塔刻已经近在眼前了。这天夜里，奥德修斯沉沉睡去，他同船的伙伴则开始议论猜测，埃俄罗斯的袋子里到底是什么。他们都认定，那里面一定是金银珠宝。

对财富的艳羡使人们克制不住好奇心，他们把风袋打开了。结果绳子刚一解开，所有的风都呼啸而出。结果，船急速地向后开去，刚才还近在咫尺的伊塔刻顷刻间又远在天边。

呼啸的风暴把奥德修斯惊醒，但已经太晚了，他发现自己已经被吹回埃俄罗斯的岛上。

奥德修斯再次去拜访埃俄罗斯，但这一次，昔日好客的主人却态度大变："显然，有神祇在向你进行报复！我不能帮助一个被神祇诅咒的人！"

奥德修斯只好垂头丧气地回到船上，靠自己的力量完成接下来的航程。

女仙喀耳刻

这次旅程非常不顺利，奥德修斯再一次碰到了吃人的巨人族。巨人们投掷巨石，击碎了他的船队中绝大部分船只。奥德修斯和剩下的同伴挤在唯一一艘得救的船上继续航行，又到了一座名叫埃埃厄的海岛。

由于之前的悲惨经验，奥德修斯的同伴们都对到岛上探险感到恐惧，但为了补充食物和淡水，又不得不这样做。于是所有人分成两队，一队由奥德修斯率领，一队则归一个叫欧律罗科斯的英雄领导。大家拈阄决定谁深入岛内。

欧律罗科斯拈到了，他率领他的人忐忑不安地上路。不久，他们就发现了一个幽美的山谷，而山谷里竟有一座富丽堂皇的宫殿。他们刚感觉惊喜，却发现宫殿内外到处都是野狼和雄狮。欧律罗科斯正想掉头逃跑，却已经陷入了野兽的包围之中。但是，这些看起来狰狞凶猛的野兽却并不伤人，相反，它们缓慢而讨好地靠近过来，摇起长长的尾巴，好像是被人豢养的宠物一样。后来奥德修斯和他的朋友才知道，这些猛兽其实都是被魔法变成这样的人类。

这时宫殿里传出来女子的歌声，这声音无比美妙，使得人们都忘记恐惧，走进宫殿里去。他们看见一个美丽的女仙。

女仙自我介绍说，她叫喀耳刻，是太阳神的女儿，埃厄忒斯国王的妹妹[①]。

喀耳刻热情地接待了这些远方来的客人，她把他们邀进宫中，送上各种精美可口的糕点。只有谨慎多疑的欧律罗科斯留在了宫殿外面，没有吃这些食物。

欧律罗科斯是对的。吃了喀耳刻的糕点的人，都变成了猪。欧律罗科斯看见这难以置信的一幕，赶紧跑回船上，把他所见到的一切告诉了奥德修斯。

奥德修斯让欧律罗科斯和其余的人留在船上，自己则背上宝剑和弓箭，前去营救自己的同伴。中途，他遇到一个手持金杖，相貌英俊的年轻人，正是神使赫耳墨斯。

“可怜人，你的朋友们都被会魔法的喀耳刻变成了猪。”赫耳墨斯说，“你想就这样去解救他们？你只会也被关进猪圈！”

奥德修斯于是请求这位神祇的使者的帮助，赫耳墨斯便赠给他一种可以让喀耳刻的食物失去效力的草药，并教给他对付这位仙女的办法。

赫耳墨斯说完就消失了。奥德修斯一路来到喀耳刻的宫殿，假装对之前发生的事情毫不知情，而是欣喜地接受了这位仙女的款待。喀耳刻给了他一只装满美酒的金碗，奥德修斯捧起来就喝。喀耳刻不等他把酒喝完，就用她的魔杖点了

① 埃厄忒斯即美狄亚的父亲，参看阿耳戈船的故事。

奥德修斯一下，说道：“滚到猪圈里，跟你的朋友们会合吧！”

但是她立刻惊奇地发现，眼前的奥德修斯好端端坐在那里，她加入酒中的魔药没有丝毫效力。奥德修斯从座位上跃起，拔出剑来威胁这位仙女。喀耳刻慌忙跪倒在地上，抱住奥德修斯的双膝，哀求道：“为什么我的魔酒不能使你变形？莫非你就是足智多谋的奥德修斯？赫耳墨斯对我预言过他的到来，如果你是他的话，收起你的剑，让我们做朋友罢！”

但奥德修斯不肯和解，除非这女仙答应把他的朋友变回人类，并向神祇发誓，永远不伤害他。

喀耳刻答应了奥德修斯的请求，她离开房间，打开猪圈的门，给每一头猪涂上药汁。这些猪立即褪下了毛皮，又都变回原来的样子，只是比从前还显得更年轻更英俊些。

从此，奥德修斯和他的伙伴们在喀耳刻的岛上住了下来，过着富足安逸的生活。但是一年之后，大家思乡情切，还是决定离开。喀耳刻没有阻拦，但是她告诉奥德修斯，要先到哈得斯和他的妻子珀耳塞福涅统治的冥土里去，寻找预言家忒瑞西阿斯的灵魂[①]，向他询问自己的未来。

① 忒拜的预言家，也是希腊神话中最著名的预言家。参看俄狄浦斯的故事等。

奥德修斯在冥府

按照喀耳刻的指点，奥德修斯找到了一处岩石的缝隙，那便是地府的入口。于是，奥德修斯献上了他的绵羊作祭品。

鲜血刚一从绵羊颈上流出，就听见阴风呼啸，许许多多死者的灵魂从冥府深处朝岩缝涌来，来到奥德修斯和他的伙伴身边。隐隐绰绰的可以看出，这些阴魂有老有少，还有许多身穿残破的盔甲，遍身染血的英雄。

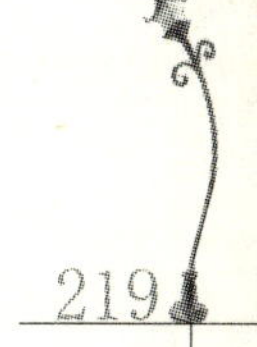

他们一群一群地围拢过来，朝着献祭用的土坑，发出令人恐惧的呻吟。奥德修斯克服了内心的恐惧，一边提醒同伴向众神献上祭品，并且祈祷，一边则挥剑驱赶这些阴魂。在和忒瑞西阿斯交谈之前，是不能让他们来舔羊血的。

突然，奥德修斯在阴魂中看见了自己的母亲安提克勒亚。在他离家远征特洛伊时，她还是健在的。这使奥德修斯悲从中来。他呼喊着母亲，但是安提克勒亚只是在空气中飘浮着，毫无反应。

忒瑞西阿斯的阴魂终于出现了，他还是生前的样子，右手拄着一根金杖。预言家立即认出了奥德修斯，他说道："快把你的剑收起来，奥德修斯，让我喝到祭品的鲜血，这样就能预言你的命运了。"

奥德修斯收起剑退开了。忒瑞西阿斯喝了黑色的羊血，说出了他的预言："你烧瞎波塞冬的儿子波吕斐摩斯的眼睛，这位大地的震撼者对你怀恨在心。虽然你最终能从他手中逃脱，但归程也注定充满了艰险。这深深地伤害了他。可尽管如此你还是能返回家中。

“就是回家了，你得到的也是苦恼。一群狂妄的人正在向你的妻子珀涅罗珀求婚，并挥霍着你的财富，是公开还是秘密地对付他们，就要看你的智谋和勇力了。”

奥德修斯向预言家表示感谢，又询问道：“你看，我母亲的阴魂就在这里，但她不对我说话，也不看我。我该怎么做她才会认出自己的儿子？”

“只要你让她喝过羊血，”他回答说，“那她就会像一个活人一样与你说话。”话音未落，预言家的阴魂就消失了。

安提克勒亚的阴影飘过来，并喝了羊血。突然间她认出了奥德修斯，她不由得泪流满面：“亲爱的儿子，你怎么活着就到了阴间？你还在一直漂泊，没有回到故乡伊塔刻？你的妻子是个忠贞的妇人，白天和夜里都为你哭泣。你的儿子忒勒玛科斯在管理你的家业。但为了思念你，我却憔悴而死了。”

奥德修斯想拥抱自己的母亲，但是她如一个幻象一样突然消失了。许多其他阴魂走过来，突然，奥德修斯震惊了，他看见了伟大的阿伽门农，本来，他以为这位希腊联军的统帅早已经回到了故乡，并继续统治着他的迈锡尼王国。

吸食过羊血后，阿伽门农也认出了奥德修斯。“高贵的朋友，”他说，“我会出现在这里，不是因为大海的波涛，也不是因为敌人的刀剑。我安全回到了迈锡尼，但在我洗澡时，我的妻子克吕泰涅斯特拉和她的情夫埃癸斯托斯却谋杀了我。我

怀着思念妻儿之情回家，得到的却是这样的结果。因此，奥德修斯，不要完全相信你的妻子，不要听信她的甜言蜜语，就告诉她所有的秘密。因为没有一个女人是可信赖的！”

阿伽门农的阴魂也消失了，但是他的一席话多少在奥德修斯心里留下了阴影。珀涅罗珀被众多求婚者纠缠着，她到底会做出怎样的选择呢？

塞壬女仙

离开冥府踏上归途，奥德修斯不得不面对的下一个考验是塞壬女仙。这些仙女站在美丽的海岸上，一有船舶经过，就曼声歌唱。她们的歌声无比美妙，没有人能抵御这种诱惑，听到的人都情不自禁地跳入海中，被海水淹死。

喀耳刻事先告诉过奥德修斯塞壬的危险，所以从这里经过时，最好的办法无疑是塞住耳朵。但是奥德修斯还是忍不住想听一听塞壬的歌声。因此他让同伴把耳朵都用蜡塞上，又叫他们把自己绑在桅杆上。

塞壬果然出现了，她们看起来就是一群妩媚的少女，而她们的歌声，也比传说中更加动听。

奥德修斯心里立刻涌起一直听下去的渴望，他用头向同伴示意，要他们把他放开。但他们现在是听不见声音的，只是更加奋力地摇动着船桨。并且按照事先的约定，其中两个人走过来，把奥德修斯捆得更紧。

终于，塞壬的身影消失在天边，歌声也渺不可闻。

奥德修斯与卡吕普索

虽然没有被塞壬的歌声诱惑进大海，但是奥德修斯仍然不能顺利还乡。他的船又遇到了大风浪，船体粉碎，他失去了全部同伴。奥德修斯坐在狭窄的龙骨上面，孤独地在海上漂流了九天，在第十天的夜里，终于来到了女仙卡吕普索居住的俄古癸亚海岛。

这位美丽的女仙爱上了奥德修斯，她把他捉住，关在山洞里，希望他答应做她的丈夫。但奥德修斯只是思念自己的妻子珀涅罗珀。这时，奥林匹斯山上的诸神，除了波塞冬之外，已经没有人不同情奥德修斯的遭遇。

这一天，波塞冬去参加埃塞俄比亚人的宴会，诸神决定趁这个机会释放奥德修斯。他们兵分两路，雅典娜到奥德修斯的故乡伊塔刻岛接应，赫耳墨斯则去找卡吕普索，要他释放奥德修斯。

一见赫耳墨斯，卡吕普索就知道了他的来意。她痛哭道：“残忍而嫉妒的诸神啊！为什么不能容忍一个女神挑选一个凡人做她的丈夫?那时他被风浪抛到我的海岸上，是我救了他，是我友好地款待了这个失去了一切伙伴的人。我给他饮水和食物，我还给予他永生和永远的青春。但宙斯的决定是一定要实行的，那就让他重新回到浩瀚无际的大海上去吧。”

卡吕普索为奥德修斯准备好饮水、酒和食物，让他自己给自己做一个木筏，并指点给他回家的航向。

奥德修斯回到伊塔刻，珀涅罗珀的织物

奥德修斯终于回到了故乡伊塔刻，二十年漂泊在外，家乡的风物已经令他感到陌生，他一时甚至不敢确定自己到了那里。

这时，奥德修斯看到了一个年轻的牧羊人，他相貌漂亮，神气和善，看来是个诚实的人。奥德修斯便上前问道："这是什么地方，是在大陆还是海岛?"

"你一定是从很远的地方来的。"牧羊人回答说，"因为这里盛产葡萄和粮食，有丰茂的森林和成群的牛羊。这里就是伊塔刻岛，足智多谋的奥德修斯，就是这里的国王。外乡人，你是哪里人?怎么会到这里来的呢?"

奥德修斯确信自己真的回到故乡，内心一阵狂喜。但是他仍然小心翼翼地隐瞒了自己的身份，编了一个毫无根据，但是听来非常可信的故事给牧羊人听。他讲述得真切而悲惨，即使铁石心肠的人听到也会落泪。

但牧羊人忽然微笑起来，他突然变成一位高大美丽的女神，原来他是雅典娜女神变化的。"如果有人可以骗过神祇，那一定就是你，奥德修斯。"她对他说道，"你确实是凡人中最聪明的人，正如我是众神中最睿智的一样。你在家乡还知道

要隐瞒身份，那么我便告诉你，你在自己的王宫里要面对怎样的挑战。”

原来，这些年来奥德修斯的妻子珀涅罗珀一直被许多求婚者纠缠着。因为参加特洛伊战争的英雄先后都已经还乡，只有奥德修斯音讯全无，所以大家都传言他已经死了，而珀涅罗珀则被视为一个美貌而富有的寡妇。

总计上百个求婚者从伊塔刻和附近的岛屿或王国来到奥德修斯的家里，他们在这里住下来，大吃大喝，挥霍主人的财富。而珀涅罗珀和奥德修斯刚刚成年的儿子忒勒玛科斯对此束手无策。

按照当时希腊的风俗，寡妇是不便拒绝别人的求婚的。所以珀涅罗珀只能反复强调，丈夫还生死不明。她又说，即使要她改嫁，也应该先让她为自己的公公，即奥德修斯的父亲拉厄耳忒斯织一件寿衣。这样，她即使再选择一个丈夫，也可以免受舆论指责。

求婚者答应了她的这个条件。珀涅罗珀从此整天坐在织机前辛勤劳作，但是一到夜晚，她就把她白天织成的部分拆掉。就这样，三年时间过去了。珀涅罗珀仍然拖着没有答应求婚，但是这大量的求婚者赖在奥德修斯家里，却大量地挥霍着他的财富。而且，为了侵吞这个富裕的王国的一切，他们开始谋划杀死奥德修斯唯一的儿子忒勒玛科斯。

很明显，这些求婚者是不会因为奥德修斯的归来就放弃他们罪恶的计划的。因为他们总共有一百个人，而奥德修斯却是孤立无援的。

听说自己的妻子确实是忠贞的，奥德修斯感到欣慰。至于那众多的求婚者，并不令他感到畏惧。他请求雅典娜先将自己变成一个看起来羸弱呆滞的乞丐，好让谁都认不出自己。这样，他才能自由行动，探听清楚形势。

雅典娜答应了他的请求，然后就消失了。

奥德修斯的弓箭

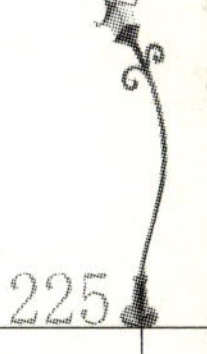

奥德修斯以一个乞丐的形象来到自己的宫殿，看见那些求婚者聚集在那里，正在吃喝饮宴。奥德修斯说自己是一个落难的外乡人，向他们行乞，但他们拒绝给他食物，反而侮辱和取笑他。

很快，奥德修斯确信，这些求婚者既缺乏头脑，也没有勇力，自己有把握对付他们。于是，他悄悄找到自己的儿子忒勒玛科斯和仍然忠于他的仆人，告诉他们自己的真实身份，他们都感到喜出望外。于是奥德修斯告诉他们自己的计划，并通知珀涅罗珀，让她明天召集求婚者，举行一次射箭比赛。

第二天，盛装的珀涅罗珀出现在求婚者面前，她的美丽立刻让他们都神魂颠倒。珀涅罗珀说："过去，我的丈夫经常将十二把斧头一个接一个竖立起来，随后他拉弓射箭，一箭穿过十二把斧头上的洞孔。你们之中谁也能做到这一点，我就愿意做谁的妻子。"

这个好消息让求婚者都兴奋坏了。所以一见珀涅罗珀命人取出奥德修斯的弓矢，放到自己的面前，这些蠢人就蜂拥而上，争相把弓来开。结果，很快他们就发现自己的膂力在这张弓面前实在是过于微弱了，甚至没有人能把弓拉个半满，当然更别提把箭射出去了。

他们不禁哀叹道："咳，我甚至不是为得不到珀涅罗珀而感到伤心，毕竟在伊塔刻或别的地方，还可以找到别的希腊女人。但与奥德修斯相比我们太无能了，只怕我们将会沦为子孙的笑柄！"另一些人则自我宽慰道："不要这样讲，今天根本不是适合进行射箭比赛的日子。让我们先放下弓箭，来喝一杯吧。明天我们祭祀过阿波罗，再来射这一箭！"

这时忒勒玛科斯走了出来，他大声说："你们在进行一场竞赛，要带着全希腊最美的女人离开她的家。可是我若是能够做到一箭穿过十二柄斧头，她是不是就可以留在这里了！"说着，他甩掉披风，卸下佩剑，在大厅的地面上画出一道沟，把斧头挨个插入地里，然后用脚把周围的土踏实。动作之干净利落，令所有人为之赞赏。

他奋力拉了三次弓，都失败了。但是他很快掌握了技巧，如果不是看到伪装成乞丐的父亲正在向自己使眼色，第四次他一定能拉开的。忒勒玛科斯装出无奈的样子，垂头丧气地放下弓说："我太年轻了，你们其他人来尝试罢，看谁比我更有力量！"

这时奥德修斯走了出来，面向求婚人说："你们等待明天阿波罗的保佑罢，现在请允许我试试这张弓，看看我这老朽的双臂是不是残存着一点力气。”

求婚人都没有料到眼前的老乞丐会提出这个请求。他们有的狂笑，有的喝斥，一时哄闹成一片。

这时珀涅罗珀说：“不让外乡人参加这场比赛，那是不对的！”既然女主人开口，而他们也绝不相信眼前这个瘦弱的老人能做到这一点，也就没有坚持反对。

奥德修斯检视了一遍这张多年前自己心爱的硬弓，感觉就像与一个老友重逢一样。看到他拿弓的姿态，求婚人隐约感到有些不妙，气氛不觉紧张起来。

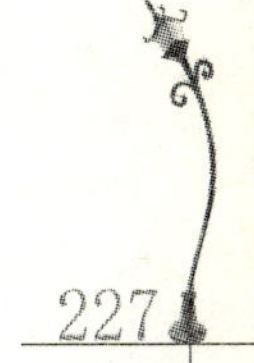

只见奥德修斯很轻松地用右手拉起弓弦，姿势优雅得像琴师拨动琴弦那样。它发出一声脆响，但听到求婚人耳朵里，却好像雷轰电掣一样。弓弦已经张满，利箭离弦飞出，从第一把直穿过最后一把，射穿十二把斧子的洞孔。

奥德修斯扫了一眼这群目瞪口呆的求婚人，突然撕下身上的破衣服，跳到高高的门槛上，大声喝道：“第一轮比赛已经结束，现在是第二轮了！”

说着，他一箭就射穿了一个求婚者的咽喉。而他的儿子忒勒玛科斯也已经全副武装地站到他身边，并把装满箭矢的箭袋交给他。

惊慌失措的求婚人赶紧想寻找武器还击，可是事先奥德修斯已经让他忠心的仆人取走了大厅里所有的武器。他们只有手无寸铁地接受比他们强得多的奥德修斯父子的屠杀，尤

其令他们绝望的是，这时雅典娜也出现了。她虽然没有亲自加入战斗，但却不断在鼓舞奥德修斯的勇气。

奥德修斯的结局

对求婚者的屠杀激起了伊塔刻人的不满，但宙斯让雅典娜再次降临到他们中间，使伊塔刻人与奥德修斯和解。

奥德修斯与珀涅罗珀夫妻终于得到团圆。他们在一起幸福地生活了很多年之后，高年的奥德修斯才平静地死去。

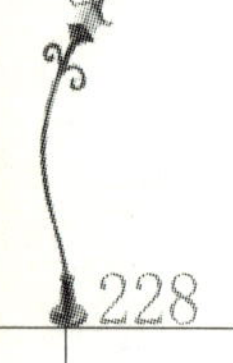